小説
ちびまる子ちゃん けっさく選
大★爆★笑★スペシャル！

さくらももこ・作/モノクロイラスト
日本アニメーション・カバーイラスト
五十嵐佳子・構成

集英社みらい文庫

キャラ紹介《しょうかい》

主人公《しゅじんこう》

おとうさん（ヒロシ）

のんきな男《おとこ》

まる子《こ》（さくら ももこ）

おっちょこちょいで
マイペース

おかあさん

まる子《こ》の
世話《せわ》をやく

おじいちゃん（友蔵《ともぞう》）

まる子《こ》と仲《なか》よし

お姉《ねえ》ちゃん

まじめで冷静《れいせい》

おばあちゃん

おっとり
している

花輪《はなわ》クン

大金《おおがね》持《も》ちの息子《むすこ》

たまちゃん

まる子《こ》の親友《しんゆう》

はまじ

お調子者《ちょうしもの》

山田《やまだ》

超楽天家《ちょうらくてんか》

ブー太郎《たろう》

語尾《ごび》に「ブー」と
つけて話《はな》す

丸尾君《まるおくん》

「ズバリ」が口《くち》ぐせ

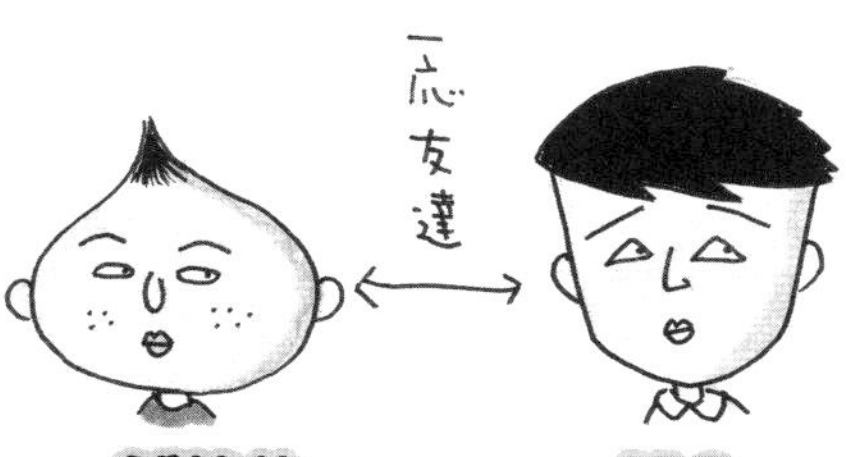

永沢君《ながさわくん》

少《すこ》しいじわる

藤木《ふじき》

少《すこ》し卑怯《ひきょう》

もくじ

「まる子《こ》　バーゲンの広告《こうこく》につられる」の巻《まき》

バーゲンシーズンである。

「うちのおとうさん、バーゲンでミキサー買《か》ってきたんだよ」

たまちゃんが休《やす》み時間《じかん》、まる子《こ》ととし子《こ》ちゃんに、うれしそうに言《い》った。

「へー、おとうさんがねェ、よかったね」

「うん、安《やす》かったから買《か》ってきたんだって」

「バーゲンって、そんなに安《やす》いもんなのかな」

そうたずねたまる子《こ》に、たまちゃんは言《い》った。

「やっぱり得《とく》なんじゃないかな。普段《ふだん》の半額《はんがく》くらいで買《か》えるときもあるみたいだし」

「それは得《とく》だね。大人《おとな》がバーゲンバーゲンって言《い》うのもわかるね」

「昨日《きのう》のスーパーの広告《こうこく》には五十円《ごじゅうえん》のアイスが三《みっ》つで百円《ひゃくえん》って書《か》いてあったよ」

とし子《こ》ちゃんが眼鏡《めがね》ごしに、目《め》をキラキラさせながら言《い》ったので、まる子《こ》は飛《と》び上《あ》がりそうになった。

「えっ、五十円《ごじゅうえん》のアイスが三《みっ》つで百円《ひゃくえん》!!　それはものすごく得《とく》だね。そんなことしてスーパー、赤字《あかじ》にならないのかな」

「大丈夫《だいじょうぶ》なんでしょう」

案外《あんがい》、たまちゃんは冷静《れいせい》である。だが、とし子《こ》ちゃんが首《くび》をかしげた。

「ときどき八割引《はちわりび》きなんていうのがあるけど、あれは赤字《あかじ》かもね」

またまた、まる子《こ》の目《め》が丸《まる》くなった。

「八割引《はちわりび》き!?　そんなに安《やす》くするくらいならいっそタダでくれればいいのに」

そういうわけにもいくまい。


「ただいまー」

学校《がっこう》からバタバタと帰《かえ》ってきたまる子《こ》は走《はし》って茶《ちゃ》の間《ま》に行《い》くと、ランドセルを放《ほう》り投《な》げ、ちゃぶ台《だい》の上《うえ》にあった新聞《しんぶん》から折《お》り込《こ》みチラシを取《と》り出《だ》して、次々《つぎつぎ》に読《よ》み始《はじ》めた。

「おー、やってるやってる。どこもかしこも大《だい》バーゲン大《だい》チャンスだね」

新聞広告《しんぶんこうこく》には、セールとかバーゲンという真《ま》っ赤《か》な文字《もじ》が躍《おど》っていた。

「ほう、そんなに大《だい》チャンスかね」

友蔵《ともぞう》が後《うし》ろからのぞきこんだ。

「チャンスもチャンス、これをのがす手《て》はないね」

友蔵《ともぞう》の顔《かお》がほーっと伸《の》びた。

「のがす手《て》はないかい」

「ないよ。これをのがしたら一生《いっしょう》のソンだよ」

友蔵《ともぞう》は新聞広告《しんぶんこうこく》をじっと見《み》つめると、珍《めずら》しくきっぱりと言《い》った。

「まる子《こ》、ソンだけはするもんじゃないぞ。そのバーゲンとやらに行《い》くがいい」

まる子《こ》は振《ふ》り返《かえ》ると、友蔵《ともぞう》と目《め》を合《あ》わせた。

「うん」

コクリとうなずき、一枚《いちまい》のチラシを手《て》に立《た》ち上《あ》がった。

友蔵《ともぞう》は、その後姿《うしろすがた》を見《み》つめながら、心《こころ》の中《なか》で一句《いっく》詠《よ》んだ。

バーゲンに
走《はし》る孫《まご》見《み》て
夏《なつ》の声《こえ》
友蔵心《ともぞうこころ》の俳句《はいく》

台所《だいどころ》に飛《と》びこんだまる子《こ》は息《いき》せき切《き》っておかあさんに言《い》った。

「おかあさん、この夏最後《なつさいご》の大《だい》チャンスがやってきたよ。どれもこれも大安売《おおやすう》りだよ」

「どれ、そんなに安《やす》いの？」

「うん、ちょっとこれ見《み》てよ」

〝この夏最後《なつさいご》の大《だい》チャンスがやってきた〟という文字《もじ》が大《おお》きく書《か》いてあるチラシを差《さ》し出《だ》した。

おかあさんはチラシを上《うえ》から下《した》にサッと目《め》で追《お》った。

「ほんと!!　ブラウスもシャツもくつも何《なに》もかも安《やす》いわね」

「台所用品《だいどころようひん》も安《やす》いよ。おかあさん、こうしちゃいられないよ。売《う》り切《き》れちゃうよ。今《いま》すぐ仕度《したく》して行《い》こうよ」

「そうだね、これは行《い》った方《ほう》がいいね」

おかあさんは、後《うし》ろに手《て》をまわし、エプロンのひもをはずした。そのとき、お姉《ねえ》ちゃんも台所《だいどころ》に入《はい》ってきた。

「何《なに》!!　バーゲンのチラシ見《み》てるの!?　私《わたし》も行《い》く行《い》く。夏物《なつもの》の洋服《ようふく》ほしいのよ。ちょっとまってて」

あわてて着替《きが》えに部屋《へや》に、戻《もど》っていった。


「じゃ、ちょっと行《い》ってきます」

おかあさんが、玄関《げんかん》まで送《おく》りに出《で》てきてくれたおばあちゃんと友蔵《ともぞう》に言《い》った。

「はいはい、あんまり無理《むり》するんじゃないよ」

「まる子や、この大《だい》チャンスをしっかりつかんでくるんじゃよ」

まる子《こ》は友蔵《ともぞう》にピースをつくってみせた。

「まかしといてよ。行《い》ってきまーす」

デパートの壁面《へきめん》には、「この夏最後《なつさいご》の大《だい》チャンス、大《だい》バーゲン開催中《かいさいちゅう》」という横断《おうだん》幕《まく》がにぎにぎしく飾《かざ》られていた。

お姉《ねえ》ちゃんがゴクリと唾《つば》をのみこんだ。

「さあ行《い》くわよ」

おかあさんが真剣《しんけん》な表情《ひょうじょう》でうなずいた。

「まる子《こ》、あんた、足手《あしで》まといにならないでちょうだいよ」

「大丈夫《だいじょうぶ》大丈夫《だいじょうぶ》。さあ行《い》こー」

三人《さんにん》は、キッと顔《かお》を引《ひ》きしめ、いざ、デパートに、と入《はい》っていった。

デパートはどこからこんなに人《ひと》が集《あつ》まってきたのかと思《おも》うほど混雑《こんざつ》していた。

「ひゃ〜〜〜、やっぱ混《こ》んでるねェ」

まる子《こ》がつぶやくと、おかあさんがため息《いき》をもらした。

「みんな考《かん》えることは同《おな》じだねェ」

「ぼんやりしてる場合《ばあい》じゃないわよ。最初《さいしょ》に洋服《ようふく》売《う》り場《ば》に行《い》くわよ。さあっ」

お姉《ねえ》ちゃんの号令《ごうれい》一下《いっか》、三人《さんにん》は洋服《ようふく》売《う》り場《ば》に突進《とっしん》した。

「げげっ、こ、こんなたくさんの人《ひと》がワゴンにたかってるよ」

まる子《こ》の顔《かお》がゆがんだ。ワゴンがあるとおぼしき場所《ばしょ》は、黒山《くろやま》の人《ひと》だかりだった。

先《さき》に何《なに》があるのかさえわからない。

振《ふ》り返《かえ》ったお姉《ねえ》ちゃんの顔《かお》には、決意《けつい》の二文字《にもじ》がにじんでいた。

「おかあさん、いい？」

「よし、行《い》くわよっ」

それっ！　とばかりに、お姉《ねえ》ちゃんとおかあさんは、その黒山《くろやま》めがけて早足《はやあし》で突撃《とつげき》していった。

「あっあんたたちっちょっとまってよねェってば」

まる子《こ》が声《こえ》をかけても、ふたりは振《ふ》り向《む》きもしなかった。

取《と》り残《のこ》されたまる子《こ》は、オロオロとふたりの姿《すがた》を見《み》つめていた。

ふたりは、黒山《くろやま》のはしっこのちょっと空《あ》いた隙間《すきま》に片方《かたほう》の肩《かた》をぐっとつっこみ、少《すこ》しずつ体《からだ》を中《なか》に入《い》れていった。

押《お》される。歯《は》をくいしばって耐《た》える。また押《お》されて黒山《くろやま》からはじかれる。また、肩《かた》から体《からだ》をつっこむ。また押《お》される。

やがて、ふたりの顔《かお》が見《み》えなくなった。黒山《くろやま》の中《なか》の人《ひと》になったのである。

「お姉《ねえ》ちゃん、どこ？」

しばらくして、まる子《こ》が声《こえ》をあげた。

ギャーギャーという声《こえ》をあげながら、手当《てあ》たり次第《しだい》に洋服《ようふく》をつかんでいる決死《けっし》の形《ぎょう》相《そう》の人《ひと》たちを見《み》ているうちに、ふたりが無事《ぶじ》かどうか不安《ふあん》になっていた。

お姉《ねえ》ちゃんの声《こえ》は意外《いがい》なところからきこえた。

「こっちよ、三枚《さんまい》とったわよ」

「よくやった!!　私《わたし》は二枚《にまい》とったよ」

おかあさんの声《こえ》が続《つづ》いた。まる子《こ》の目《め》の前《まえ》から黒山《くろやま》に入《はい》っていったのに、ふたりが出《で》てきたのは、むこう側《がわ》だった。

お姉《ねえ》ちゃんは肩《かた》で息《いき》をしていた。

「おかあさん、そろそろ次《つぎ》のワゴンに行《い》く？」

「よし、そうしよう」

おかあさんも息《いき》が荒《あら》かった。

再《ふたた》び、ふたりは混乱《こんらん》する別《べつ》のワゴンにつっこんでいった。しばらくして戻《もど》ってきたふたりの髪《かみ》は今度《こんど》はバサバサに乱《みだ》れていた。

押《お》されたり引《ひ》っぱられたりしたせいか、着《き》ている洋服《ようふく》までゆがんでいる。

「あんたたち、ボロボロになってるよ、大丈夫《だいじょうぶ》かね」

心配《しんぱい》そうに言《い》ったまる子《こ》の目《め》の前《まえ》に、お姉《ねえ》ちゃんはワゴンからとってきた洋服《ようふく》をぐいっと差《さ》し出《だ》した。

スカート
婦人ハンドバッグ

「まだまだ序《じょ》の口《くち》よ。まる子《こ》、ちょっとコレ持《も》ってて」

「何《なに》これ」

おかあさんが代《か》わって答《こた》えた。

「何《なん》でもいいわよ。とにかく五枚《ごまい》で千円《せんえん》なんだから」

「五枚《ごまい》で千円《せんえん》だからって……」

何《なん》でもいいとはならないのではないか。

だが、バーゲンモードになってしまったお姉《ねえ》ちゃんとおかあさんの耳《みみ》には、まる子《こ》の声《こえ》はきこえない。

「さあ、次《つぎ》はどこ？」

お姉《ねえ》ちゃんに、おかあさんが速攻《そっこう》で答《こた》えた。

「男物《おとこもの》のシャツ売《う》り場《ば》だよ」

「よし、行《い》こう」

歩《ある》きかけたおかあさんが、振《ふ》り返《かえ》った。

「まる子《こ》、あんた、自分《じぶん》のほしいものは自分《じぶん》で手《て》に入《い》れてらっしゃい」

それだけ言《い》うと、ダダダッと男物《おとこもの》売《う》り場《ば》のワゴンに向《む》かって駆《か》け足《あし》で行《い》ってしまった。

「ちょっとまってよォ」

結局《けっきょく》まる子《こ》はポツンとひとり取《と》り残《のこ》されてしまった。

「自分《じぶん》のほしい物《もの》たって……ちょっと子《こ》ども服《ふく》どこにあるんだろう」

ウロウロと歩《ある》き回《まわ》った。

「あ、これだ」

子《こ》ども服《ふく》売《う》り場《ば》にもワゴンが置《お》かれていて人《ひと》が群《む》れていた。

おそるおそるそのワゴンに近《ちか》づいたまる子《こ》だったが、ボーっとしていたらわざわざバーゲンに来《き》たかいがないと自分《じぶん》をはげまして、思《おも》いきって主婦《しゅふ》でワンサカの中《なか》にムリやり入《はい》っていった。

足《あし》の踏《ふ》み場《ば》もなかった。小《ちい》さいまる子《こ》に見《み》えるのは、人《ひと》の体《からだ》とバッグだけ。

「く、くるしい」

押《お》しかえすこともできない。人《ひと》の塊《かたまり》の流《なが》れの中《なか》に巻《ま》きこまれ、浮《う》いたり沈《しず》んだりしながら、いつしかまる子《こ》はワゴンの近《ちか》くまで来《き》ていた。必死《ひっし》で手《て》を伸《の》ばした。指先《ゆびさき》に布《ぬの》がふれた。つま先《さき》で立《た》って、もっと伸《の》ばした。

「あ、何《なに》かつかんだよ。これだっ」

まる子《こ》は、引《ひ》っぱろうとした。しかし、逆《ぎゃく》に押《お》し戻《もど》された。むこう側《がわ》にいたもうひとりの主婦《しゅふ》も、それをつかんでいたのだ。まる子《こ》がもう一度《いちど》引《ひ》っぱると、その主婦《しゅふ》が顔《かお》を上《あ》げまる子《こ》をパッと見《み》た。

「なによこの子《こ》」

そうつぶやいて、その主婦《しゅふ》はまた自分《じぶん》のもとに引《ひ》き寄《よ》せようとした。まる子《こ》は負《ま》けずに引《ひ》っぱった。
ビ、ビリリ。
服《ふく》のぬい目《め》がやぶれる音《おと》がきこえたのはそれからまもなくだった。

まる子《こ》とその主婦《しゅふ》はハッとして同時《どうじ》に手《て》をはなした。

(あの人《ひと》、おとなのくせに引《ひ》っぱるからやぶれちゃったんだよ。知《し》らないよ)

胸《むね》がチクッといたんだが、まる子《こ》は気持《きも》ちを切《き》り替《か》え、また物色《ぶっしょく》し始《はじ》めた。

やがて三人《さんにん》は再度集合《さいどしゅうごう》した。

「…まる子《こ》、あんた何持《なにも》ってきたの」

おかあさんはボロボロのクタクタになっていた。

「…コレ。こんな服《ふく》しかとってこれなかったよ」

まる子《こ》は何《なん》とかとってきた洋服《ようふく》をうらめしそうに見《み》た。

「何《なん》でもいいのよ。バーゲンなんだから。何《なん》でも買《か》えば得《とく》なのよ」

きっぱりと言《い》ったお姉《ねえ》ちゃんの声《こえ》がちょっと疲《つか》れていた。

まる子《こ》はそのとき、おかあさんがアロハシャツを手《て》にしていることに気《き》がついた。

ハイビスカスとパイナップルがプリントされているド派手《はで》なものだ。

「それ、もしかしておとうさんの?」

「そうだよ」

うなずいたおかあさんの隣《となり》で、お姉《ねえ》ちゃんが手《て》に持《も》った物《もの》をまる子《こ》に振《ふ》ってみせた。

「おとうさんのだけじゃないよ。これはおじいちゃん用《よう》のシャツ」

こちらもヤシの木《き》にフラダンスをしている女性《じょせい》がプリントされている物《もの》で、ド派手《はで》
さでは負《ま》けていなかった。

まる子《こ》は言葉《ことば》を失《うしな》った。

だが、お姉《ねえ》ちゃんとおかあさんは、まだやる気《き》まんまんだ。

「おかあさん、次《つぎ》はどこ？」

「次《つぎ》は日用品《にちようひん》だよ」

「よし、がんばろう」

まる子《こ》は心《こころ》の中《なか》でため息《いき》をひとつついた。

（…もうだんだんどうでもよくなってきたよ）

日用品売《にちようひんう》り場《ば》に着《つ》くと、一歩先《いっぽさき》を歩《ある》いていたお姉《ねえ》ちゃんが目《め》を輝《かがや》かせて振《ふ》り返《かえ》った。

「おかあさん、百円均一《ひゃくえんきんいつ》セールだって」

百円《ひゃくえん》⁉　まる子《こ》の中《なか》で再《ふたた》び、元気《げんき》がわいてきた。

「よし、こうなりゃ何《なん》だっていいよ。あんたたち、しっかりね」

「はいっ」

お姉《ねえ》ちゃんと声《こえ》を合《あ》わせて返事《へんじ》をし、それを合図《あいず》に三人《さんにん》は人《ひと》ごみの中《なか》へ突撃《とつげき》していった。

「お姉《ねえ》ちゃん、トンカチとったよ」

もみくちゃになりながらも隙間《すきま》をすり抜《ぬ》けて何《なん》とかワゴンの前《まえ》にたどり着《つ》いたまる子《こ》はトンカチを手《て》にし、顔《かお》を上《あ》げた。そこでまる子《こ》はお姉《ねえ》ちゃんとおかあさんの変《か》わり果《は》てた姿《すがた》を目撃《もくげき》し、ガク然《ぜん》とした。

お姉《ねえ》ちゃんは、手《て》あたり次第《しだい》、かごに入《い》れていた。おかあさんも同《おな》じだ。何《なん》でもかんでもかごに放《ほう》りこんでいた。ふたりの目《め》の色《いろ》が変《か》わっていた。

おかあさんが片手《かたて》ナベをかごに入《い》れるのを見《み》て、まる子《こ》は叫《さけ》んだ。

「ちょっとおかあさん、ナベなんてたくさん家《いえ》にあるじゃん」

「うるさい。百円《ひゃくえん》なんだからいいのよ。あんたが嫁《よめ》に行《い》くときにでも持《も》ってってちょうだい」

百円《ひゃくえん》のナベを嫁入《よめい》り道具《どうぐ》に持《も》たされるまる子《こ》って一体《いったい》……。

そのときだった。まる子《こ》のそばにいた、男《おとこ》の人《ひと》が自分《じぶん》のかごに、ヘンな顔《かお》の人形《にんぎょう》をポンと入《い》れた。

「へー、くるみ割《わ》り人形《にんぎょう》が百円《ひゃくえん》か。いいな、買《か》おう」

とつぶやきながら。まる子《こ》は思《おも》わず、その男《おとこ》の人《ひと》の顔《かお》を見《み》ずにはいられなかった。

(くるみなんてめったに食《た》べない物《もの》なのに、この人《ひと》、そんな物買《ものか》うのかね。ヘンなの)

そして、何気《なにげ》なくお姉《ねえ》ちゃんのかごを見《み》ると、そこにもヘンな顔《かお》のくるみ割《わ》り人形《にんぎょう》が三《みっ》つも入《はい》っていることに気《き》がついた。

「げげっ。お姉《ねえ》ちゃん、ちょっとあんた、くるみ割《わ》り人形《にんぎょう》なんて三《みっ》つも買《か》ってどうする気《き》!?」

「百円《ひやくえん》なんだから得《とく》でしょ。買《か》っておきゃ何《なに》かの役《やく》に立《た》つのよっ」

「でも、くるみなんてあんた、今《いま》までの人生《じんせい》で割《わ》って食《た》べたことなんて一回《いっかい》もないじゃん」

「これから先《さき》の人生《じんせい》でくるみを割《わ》って食《た》べりゃいいのよ」

顔《かお》も上《あ》げずにお姉《ねえ》ちゃんは、そう言《い》った。


もうすでに三人《さんにん》の両手《りょうて》はいっぱいだった。だが、ふたりの買《か》い物熱《ものねつ》は止《と》まらない。

「おかあさん、次《つぎ》は電気製品《でんきせいひん》のコーナーに行《い》こうよ」

「よし、この際《さい》まとめて電気製品《でんきせいひん》も買《か》っておこう」

大《おお》きなショッピングバッグを両手《りょうて》にかかえて走《はし》り出《だ》したふたりのあとをあわてて追《お》いながら、まる子《こ》はため息《いき》をついた。

(このふたりがこんなに目《め》の色変《いろか》えてムチャクチャな買《か》い物《もの》するなんて、バーゲンの

力《ちから》は恐《おそ》ろしいね)

しかし、まわりを見渡《みわた》せば、みんな同《おな》じようにワゴンめがけて、突進《とっしん》していた。

(うちのおかあさんたちばかりじゃないよ。バーゲンに来《き》てる人《ひと》みんなが何《なん》だか殺気《さっき》立《だ》ってるね…こりゃホント、とんでもないとこ来《き》ちゃったね…)

電気製品売《でんきせいひんう》り場《ば》に着《つ》くと、お姉《ねえ》ちゃんはステレオのコーナーに飛《と》んでいった。

「おかあさんおかあさん、ステレオ買《か》ってよ、ステレオ」

「バカ。いくらなんでもそんなのはダメだよ」

それをきいて、まる子《こ》は正直《しょうじき》、ホッと胸《むね》をなでおろした。

(そうだよ。それでこそいつものおかあさんだよ。みんなもっと冷静《れいせい》になってよ)

そのときだった。まる子《こ》は見《み》なれた顔《かお》を見《み》つけた。

「あ、おかあさん、みまつ屋《や》のおやじがいるよ。見《み》てよ」

レジの前《まえ》を指《ゆび》さした。

「あらほんと」

まる子《こ》はみまつ屋《や》に近《ちか》づいた。そして、みまつ屋《や》が「このヒゲソリ十本《じゅっぽん》と、計算機《けいさんき》十個《じゅっこ》ください」とお店《みせ》の人《ひと》に言《い》ったときに、話《はな》しかけた。

「おじさん、たくさん買《か》うねェ」

とたんに、みまつ屋《や》はギクッと首《くび》をすくめた。

「あっまる子《こ》ちゃんじゃないか。おっおじさんはね、たくさんの人《ひと》から頼《たの》まれてるんだよ。バーゲンで安《やす》く買《か》って、うちで売《う》ったりするつもりはないんだよ」

これじゃまるで、ここで買《か》った物《もの》を店《みせ》で安《やす》く売《う》るつもりだと言《い》っているみたいなものではないか。

(この人《ひと》も墓穴《ぼけつ》を掘《ほ》る男《おとこ》だねェ……)

いつのまにかそばに来《き》たおかあさんがつぶやいた。

「うちもヒゲソリ買《か》おうかしら」

すかさず、みまつ屋《や》が言《い》った。

「おくさん、それならうちで買《か》ってくださいよ。今日《きょう》の夕方《ゆうがた》にはコレと同《おな》じのがうちに並《なら》びますから」

だれが買《か》うか。

「おかあさん、クルクルドライヤー買《か》ってェ。ほしいのよアレが」

お姉《ねえ》ちゃんがおねだりしたのはそのときだ。

「いいよ。持《も》っといで」

「おかあさん、太《ふと》っ腹《ぱら》だね。だてに本物《ほんもの》のおなかも太《ふと》いだけじゃないね」

おかあさんは冷《つめ》たい目《め》でちらりとまる子《こ》を見《み》ると、ぴしりと言《い》った。

「そんなこと言《い》うと、あんたの物買《ものか》ってやんないよ」

「ああん、ウソだよウソ」

電気製品売《でんきせいひんう》り場《ば》で買《か》い物《もの》を終《お》えると、三人《さんにん》は今度《こんど》は食品売《しょくひんう》り場《ば》に移《うつ》った。

まだ買《か》おうと言《い》うのか。まる子《こ》はうんざりしてきた。

「おかあさん、今《いま》までいくら買《か》った？」

「これだけ買《か》ってもまだ三万円《さんまんえん》もいってないよ。得《とく》だね。やっぱバーゲンは」

いっこうに、買《か》い物欲《ものよく》は衰《おとろ》えていなかった。まる子《こ》はついに弱音《よわね》をこぼした。

「もう持《も》ちきれないよ。帰《かえ》ろうよ」

先《さき》を歩《ある》いていたお姉《ねえ》ちゃんが振《ふ》り向《む》いて、キッとなって言《い》った。

「何《なに》を弱音《よわね》はいてるの。もっと根性《こんじょう》もってちょうだい」

「トホホ」

食品《しょくひん》売《う》り場《ば》も人《ひと》がいっぱいだった。

「缶詰《かんづめ》が安《やす》いよ。非常食用《ひじょうしょくよう》にまとめて買《か》っときましょう」

缶詰《かんづめ》なんて重《おも》いのにとまる子《こ》は思《おも》った。

だが、お姉《ねえ》ちゃんは腕《うで》まくりをしながら言《い》った。

「よしっ、まかせといて」

そしておかあさんとお姉《ねえ》ちゃんはふたり、高《たか》く積《つ》まれている缶詰《かんづめ》の山《やま》に突進《とっしん》していったのである。

「あーん、またまる子《こ》をおいていくんだからァ」

またおいてけぼりになったまる子《こ》は、荷物《にもつ》をかかえ、ひょこひょことあとを追《お》った。缶詰《かんづめ》の山《やま》のまわりは、おかあさんと同《おな》じようなことを考《かんが》えた人《ひと》たちでこれまたギュウギュウだった。

砂糖《さとう》にたかるアリのように、わーっと人《ひと》が群《むら》がり、缶詰《かんづめ》を買《か》いあさっていくのだ。

「あんっ、ちょっと押《お》さないでよ」

お姉《ねえ》ちゃんの声《こえ》に、男《おとこ》の人《ひと》の声《こえ》が続《つづ》いた。

「わぁぁ痛《いて》ェ、押《お》すなァ」

その瞬間《しゅんかん》、人《ひと》ごみのバランスが崩《くず》れ、缶詰《かんづめ》の山《やま》に向《む》かってなだれこんでいった。と、缶詰《かんづめ》の山《やま》がガラガラと音《おと》をたてて崩《くず》れ始《はじ》めた。

「わあああああ〜〜〜」

缶詰《かんづめ》は転《ころ》がる。人《ひと》は転《ころ》ぶ。叫《さけ》ぶ。もう大騒《おおさわ》ぎだ。

まる子《こ》はひとり、離《はな》れたところで、転《ころ》がってきた缶詰《かんづめ》を拾《ひろ》い集《あつ》めかごに入《い》れた。

(もう何《なん》だかわけわかんないけど、缶詰《かんづめ》が手《て》に入《はい》ったよ。よかったよかった)

そう思《おも》うしかない。

ゼーゼーと肩《かた》で息《いき》をして、人《ひと》の山《やま》の中《なか》から出《で》てきたおかあさんとお姉《ねえ》ちゃんは、今《こん》度《ど》こそ、帰《かえ》ろうと言《い》うかと思《おも》いきや、またまた物色《ぶっしょく》を始《はじ》めた。

「おかあさん、コーラスが安《やす》いよ。買《か》おうよ」

「よし、二《に》～三本《さんぼん》買《か》いなさい」

まる子《こ》は耳《みみ》を疑《うたが》った。

「ええっ重《おも》たいよ、よしなよ」

「いいのっ、買《か》うのっ」

お姉《ねえ》ちゃんはそう言《い》うなり、コーラスを二本《にほん》、同時《どうじ》につかんでかごに入《い》れた。

「おかあさん、プリンのもとも買《か》っていい？」

「何《なん》でもいいから買《か》いなさいっ」

食品《しょくひん》売《う》り場《ば》でも大量《たいりょう》に買《か》い物《もの》をして、ようやく終了《しゅうりょう》。

「フー、買《か》った買《か》った。大満足《だいまんぞく》だね」

お姉《ねえ》ちゃんはにっこり余裕《よゆう》の笑《え》みを浮《う》かべた。

「よかったね」

おかあさんも気分《きぶん》がよさそうだ。

まる子《こ》、ひとり、ため息《いき》がとまらない。

「…でも、この荷物《にもつ》かかえて今《いま》から電車《でんしゃ》に乗《の》って帰《かえ》らなきゃなんないかと思《おも》うと死《し》にたくなるね」

夜逃《よに》げもかくや、という大荷物《おおにもつ》であった。さすがのふたりもその大変《たいへん》さは認《みと》めざるを得《え》ない。

「…うん」

それから三人《さんにん》はよろよろと駅《えき》に向《む》かったのであった。


「ただいまー」

まる子《こ》が玄関《げんかん》の扉《とびら》を開《あ》けると、友蔵《ともぞう》が茶《ちゃ》の間《ま》から急《いそ》いで出《で》てきた。

「まる子《こ》、チャンスはつかめたかのう」

まる子《こ》はあがりかまちに荷物《にもつ》をどっと置《お》くと、ふうと息《いき》をはいた。

「まあね。疲《つか》れたけどね」

やはり、大荷物《おおにもつ》をどっこいしょとばかり置《お》いたお姉《ねえ》ちゃんが続《つづ》けた。

「おじいちゃんの服《ふく》も買《か》ってきたわよ」

「えっ、わしの服《ふく》もっ!?」

友蔵《ともぞう》の脳裏《のうり》に、タキシードにちょうネクタイでバシッと決《き》めた自分《じぶん》の姿《すがた》が浮《う》かんだ。

「すまん、すまんのう、わしのためにタキシードなんて……」

何《なん》でそう決《き》めつけるのか。おかあさんが言《い》った。

「おじいちゃん、タキシードじゃないわよ……わるいけど」

三人《さんにん》は、茶《ちゃ》の間《ま》にバーゲンで買《か》ってきた荷物《にもつ》を持《も》ちこんだ。ヒロシの目《め》が丸《まる》くなった。

「なんだこりゃ、何《なに》をこんなに買《か》ってきたんだ」

「つい色々《いろいろ》買《か》っちゃって」

さっきまでの威勢《いせい》はどこへやら、おかあさんがもじもじと言《い》った。まる子《こ》が続《つづ》けた。

「いい物《もの》ばっかりだよ。おとうさんの服《ふく》もあるよ」

「オリゃあ、服《ふく》なんてどうでもいいのに」

「まァまァ、そんなこと言《い》わずに、ちょっと着《き》てみてよ」

まる子《こ》は、袋《ふくろ》の中《なか》からヒロシのアロハを取《と》り出《だ》した。例《れい》のハイビスカスとパイナップルの柄《がら》である。

「はい、これ」

ヒロシの顔《かお》がこわばった。

「なんだこりゃ。冗談《じょうだん》じゃねェよこんなもん」

「あら、いいんじゃない。おとうさん似合《にあ》いそうよ」

「そうだよ。似合《にあ》いそうだよ」

お姉《ねえ》ちゃんにまる子《こ》も口《くち》をそろえた。

「やだね。こんな地《ち》に足《あし》のついてねェもん着《き》る年《とし》じゃねェやい」

ヒロシは頑《がん》として、アロハシャツを拒否《きょひ》している。そのとき、友蔵《ともぞう》が横《よこ》から口《くち》を出《だ》した。

「わしゃ、これ好《す》きじゃよ。ヒロシはいいなァ。わしもほしいのう」

「おじいちゃんのもおそろいで買《か》ってきたんだよ」

まる子《こ》がそう言《い》うと、友蔵《ともぞう》の顔《かお》がぱっと明《あか》るくなった。

「えっ、ほんとかい!?」

「はい、おじいちゃん」

ヤシの木《き》とフラダンスの女《おんな》の人《ひと》がプリントされたアロハシャツをお姉《ねえ》ちゃんが手渡《てわた》した。

友蔵《ともぞう》は大《おお》きくうんうんとうなずくと歌《うた》い出《だ》した。

「アロ〜〜〜〜ハ〜〜〜〜オエ〜〜〜〜〜〜ッ」

そこに水《みず》をさしたのはヒロシだった。

「じいさんとおそろいでこんなもん着《き》てたら近所《きんじょ》の笑《わら》い者《もの》だぜ」

「そんなこと言《い》わずに、ちょっと着《き》てみてよ」

まる子《こ》が言《い》ってもヒロシはぷいっと明後日《あさって》の方《ほう》を向《む》いていた。

そのときだった。お姉《ねえ》ちゃんが立《た》ち上《あ》がった。

「私《わたし》も、このブラウス着《き》てみようっと」

自分用《じぶんよう》に買《か》ったブラウスを持《も》ってうきうきと部屋《へや》に戻《もど》った。

「おばあちゃん、わたしとおばあちゃんは、このムームーを買《か》ったのよ。涼《すず》しそうでしょ。ちょっと着《き》てみましょうよ」

これまたギョッとするほど派手《はで》な柄《がら》がでかでかとプリントされていた。

おばあちゃんは顔《かお》をしかめた。

「えー、わたしゃそんなの着《き》たくないねェ」

「まあまあ、ちょっとだけ着《き》てみましょうよ」

おかあさんにうながされ、おばあちゃんもしぶしぶ部屋《へや》を出《で》た。

まる子《こ》は、部屋《へや》に残《のこ》った友蔵《ともぞう》とヒロシの顔《かお》を見《み》て言《い》った。

「わたしも子《こ》ども服《ふく》買《か》ったんだ。着替《きが》えてみよう。おとうさんとおじいちゃんも着替《きが》えてみなよ」

友蔵《ともぞう》が嬉々《きき》として着替《きが》え始《はじ》めると、ヒロシは苦虫《にがむし》をかみつぶしたような顔《かお》でアロハシャツを手《て》に取《と》った。

三人《さんにん》が着替《きが》え終《お》わったと同時《どうじ》に、新《あたら》しいブラウスを着《き》たお姉《ねえ》ちゃんが入《はい》ってきた。

えっ!?　まる子《こ》は目《め》を疑《うたが》った。とても小学生《しょうがくせい》には見《み》えない。まるで、OL《オーエル》のようなかんじなのだ。

「お姉《ねえ》ちゃん、そのブラウス、ちょっとふけて見《み》えるみたい……」

「えっ…!?」

お姉《ねえ》ちゃんはそれっきり、黙《だま》りこんでしまった。

そこに入《はい》ってきたのが、ムームーを着《き》たおばあちゃんとおかあさん。

「どう？」

おかあさんがちょっと恥《は》ずかしそうに言《い》った。どうって言《い》われたって、どう答《こた》えたらいいのだろう。

「げげっ……」と言《い》ったっきり、絶句《ぜっく》したヒロシとみんな、同《おな》じ心境《しんきょう》であった。

おばあちゃんがトンと座《すわ》りこんだ。

「わたしゃこの年《とし》になってこんなモン着《き》て恥《はじ》かくくらいなら死《し》んじまった方《ほう》がいいよ」

だれも何《なに》も言《い》えなくて、しーんとしてしまった。

最初《さいしょ》に口《くち》を開《ひら》いたのはアロハシャツ姿《すがた》の友蔵《ともぞう》だった。

「わしゃどうじゃ？　なんか、ただ者《もの》のじいさんじゃないってかんじがするじゃろ」

ただ者《もの》のじいさんの方《ほう》がマシである。

「オレだって何《なに》が悲《かな》しくてこんなモン着《き》なきゃなんねェんだよ。これじゃ、不良《ふりょう》の中《ちゅう》学生《がくせい》の方《ほう》がまだ趣味《しゅみ》いいぜ」

ヒロシはシーンとしたままのひとりひとりの顔《かお》を見渡《みわた》して、続《つづ》けた。

「全員着替《ぜんいんきが》えよう。このままじゃ大《おお》バカ一家《いっか》だ」

「えー、みんなそんなに言《い》うほどヘンじゃないと思《おも》うけどな。わたし、コレ明日学校《あしたがっこう》に着《き》ていくよ」

「あんたは子《こ》どもだから何《なん》だっていいのよ。好《す》きにしなさい」

まる子《こ》にそう言《い》ったおかあさんの声《こえ》に疲《つか》れがにじんでいた。

「わしもこの服《ふく》、これからも着《き》るよ」

まる子《こ》の仲間《なかま》だとばかり、そう宣言《せんげん》した友蔵《ともぞう》にかみついたのは、いつもはおとなしいおばあちゃんだった。

「じいさん、たのむからそんなことしないでおくれよ」

涙《なみだ》まで流《なが》し始《はじ》めた。

「…ばあさん、わしがこれ着《き》るの、泣《な》くほどイヤかい」

「ええ、ええ、イヤですとも」

友蔵《ともぞう》はうなずいた。

「わかった。このアロハのことはきっぱり忘《わす》れるよ、なあに、またいつか、いいこともあるさ」

「おじいさん…」

ふたり手《て》をとりあって泣《な》き出《だ》した。


翌朝《よくあさ》、お姉《ねえ》ちゃんは、早速《さっそく》クルクルドライヤーを使《つか》いながら、ルンルンしていた。

「あ、昨日買《きのうか》ったクルクルドライヤー使《つか》ってるね。どう？」

まる子《こ》にお姉《ねえ》ちゃんは笑顔《えがお》で答《こた》えた。

「いいわーコレ。昨日買《きのうか》った中《なか》では一番《いちばん》の掘《ほ》り出《だ》し物《もの》だね」

「へー、少《すこ》しは役《やく》に立《た》つ物《もの》も買《か》えてよかったね」

「うん。まる子《こ》の髪《かみ》もカッコよくしてあげるよ」

「ほんと!?　やってやって」

ウキウキした気分《きぶん》は、やがて急速《きゅうそく》にしぼんでいった。

二十分後《にじゅっぷんご》、まる子《こ》のほおがぷっとふくらんでいた。

「ちょ、ちょっとコレもとに戻《もど》してよ」

ふくらんでいたのはほおだけではなかった。前髪《まえがみ》がボコッ、頭《あたま》の上《うえ》もボコッ、横《よこ》も後《うし》ろもボコボコにふくらんで、まるで授業参観《じゅぎょうさんかん》に来《く》るおかあさんたちのような髪《かみ》になってしまったのだ。

「あら、いいわよこれで。もう行《い》かないとちこくしちゃうわよ」

お姉《ねえ》ちゃんはクルクルドライヤーをしまうと、あわただしく出《で》ていってしまった。

「ちょっとまってよォ」

ランドセルを背負《せお》って、すたこらさっさ、お姉《ねえ》ちゃんは逃《に》げるように家《いえ》から遠《とお》ざかった。

「おかあさんっおかあさんっこんな髪《かみ》になっちゃったよ」

「あらら、しょうがないわね、もう。時間《じかん》ないから、そのまま行《い》きなさいっ」

「えーやだなァ」

「そんなにヘンじゃないわよ」

じつはすごくヘンである。


まる子《こ》はトホホと言《い》いながら、バーゲンで買《か》った子《こ》ども服《ふく》を着《き》て学校《がっこう》へ走《はし》った。

教室《きょうしつ》へ入《はい》ってきたまる子《こ》を見《み》たたまちゃんの顔《かお》がひきつった。

「まるちゃん…その髪型《かみがた》、どうしたの？」

まる子《こ》は肩《かた》を落《お》として言《い》った。

「昨日《きのう》のバーゲンで、お姉《ねえ》ちゃんがクルクルドライヤー買《か》ってね…それで…こんなんなっちゃった」

「もしかしてその服《ふく》もバーゲンで？」

「うん。この服《ふく》はヘンじゃないよね？　ね？」

「え、う、うん、ヘンじゃないよ、うん」

しかし、良《よ》いとは言《い》っていない。

ひと目見《めみ》て、バーゲンで買《か》ったとわかってしまう服《ふく》だということである。

「この服《ふく》、八百円《はっぴゃくえん》だったんだ。バーゲンって安《やす》いよね」

「へー、八百円《はっぴゃくえん》だったようには見《み》えないねぇ」

たまちゃんが微妙《びみょう》な表情《ひょうじょう》でつぶやいた。

とし子《こ》ちゃんがまる子《こ》の洋服《ようふく》をまじまじと見《み》つめた。

「へー、その服《ふく》、八百円《はっぴゃくえん》だったんだ」

「うん」

「八百円《はっぴゃくえん》のわりにはいいよね」

そう言《い》ったたまちゃんに、とし子《こ》ちゃんがうなずいた。

「うん、八百円《はっぴゃくえん》のわりにはいいよ」

まわりにいた女子《じょし》も次々《つぎつぎ》に集《あつ》まって、まる子《こ》の洋服《ようふく》を見《み》た。

「へー、八百円《はっぴゃくえん》にしてはいいね」

「八百円《はっぴゃくえん》ってきくといいように思《おも》うわね」

まる子《こ》は自《じ》分《ぶん》の顔《かお》がだんだんひきつってくるのがわかった。

ついに、はまじとブー太《た》郎《ろう》までもがやってきた。

「え、さくらの着《き》てる服《ふく》、たったの八百円《はっぴゃくえん》だって――!?」

「安《やす》いなーブー」

「今《いま》どき八百円《はっぴゃくえん》の服《ふく》なんて珍《めずら》しいな」

女子《じょし》のひとりが口《くち》をはさんだ。

「でも八百円《はっぴゃくえん》のわりにはいいでしょ」

「おう。千円《せんえん》くらいに見《み》えるな」

ガーン。

まる子《こ》に衝撃《しょうげき》が走《はし》った。

(しょせん、千円《せんえん》くらいにしか見《み》えないんだ…やっぱり安物《やすもの》ってかんじなんだ…)

「え――、花輪《はなわ》クンのくつ下《した》、二千円《にせんえん》もするの!!」

「フッ、まあね。これでも一番安《いちばんやす》い方《ほう》さ」

遠《とお》くで話《はな》している花輪《はなわ》クンたちの声《こえ》がきこえたのはそのときだ。

はまじが驚《おどろ》いたように言《い》った。

「おい、いまのきいたかよ、花輪《はなわ》のくつ下《した》、二千円《にせんえん》だってさ」

「じゃあ、さくらの服《ふく》二着分《にちゃくぶん》より高《たか》いくつ下《した》なんだね」

いつのまにか話《はなし》に加《くわ》わった藤木《ふじき》が感心《かんしん》したようにつぶやいた。

まる子《こ》はショックでほとんど目《め》がひっくり返《かえ》りそうだった。

花輪《はなわ》クンのくつ下《した》より安《やす》い服《ふく》を着《き》ている女《おんな》、まる子《こ》。そのうえ、髪型《かみがた》までヘンなこの一日《いちにち》って一体《いったい》。

「…学校《がっこう》、早《はや》びけしようかな…」

白目《しろめ》のまま、口《くち》の中《なか》でそっとつぶやいたまる子《こ》であった。

「怒《おこ》られるタイプの人《ひと》」の巻《まき》

教室《きょうしつ》の窓《まど》から外《そと》を眺《なが》めていたまる子《こ》のほおを、初夏《しょか》のさわやかな風《かぜ》がふわりとなでた。

「なんてすばらしい天気《てんき》だろうね。あ〰〰、うららか〰〰」

そこにやってきたたまちゃんも、まる子《こ》と同《おな》じように窓《まど》から身《み》を乗《の》り出《だ》すと、空《そら》を見上《みあ》げた。水色《みずいろ》の空《そら》に筆《ふで》で描《か》いたような細長《ほそなが》い雲《くも》が浮《う》かんでいた。

「ほんと、うららかだね」

「ねー、まさにうららかとしか言《い》いようのない日《ひ》だね」

「うん。今朝《けさ》のニュースでも、アナウンサーの人《ひと》が『うららかな一日《いちにち》になるでしょう』って言《い》ってたよ」

「うららかうららかって、こうやって気軽《きがる》に使《つか》ってるけど、たまちゃん、正確《せいかく》な意味《いみ》知《し》ってる？」

「ううん、なんとなく使《つか》っているけど、でも、こう、なんていうか、こんなによく晴《は》れている日《ひ》って〝うららか〜〟っていうかんじがするじゃない。ねぇ」

「まあね。でも、ちゃんと意味《いみ》を知《し》っていた方《ほう》がいいよ。ちょっと、辞書《じしょ》で調《しら》べてみよう」

「うん」

辞書《じしょ》といったら丸尾君《まるおくん》だ。丸尾君《まるおくん》は席《せき》についていた。

「丸尾君《まるおくん》、ちょっと辞書《じしょ》かしてくんない？」

「なんですと!? あなたが辞書《じしょ》を使《つか》うなんて、はなはだ珍妙《ちんみょう》なこともあるもんですねっ」

「はなはだ珍妙《ちんみょう》？ 何《なに》それ」

「まったくとてつもなくおかしなことがあるもんだということですよっ」

丸尾君《まるおくん》はメガネに手《て》をやり、得意《とくい》げに言《い》った。まる子《こ》のまゆが上《あ》がった。

「へー、さすが、辞書《じしょ》の持《も》ち主《ぬし》はむずかしいことをよく知《し》ってるね。親《おや》も辞書《じしょ》を買《か》ってやったかいがあるってもんだよ」

「そうなのですっ、これがもし、辞書《じしょ》を持《も》っているのが私《ワタクシ》でなくあなただったら、ズバリ宝《たから》の持《も》ち腐《ぐさ》れでしょう!!」

そこまで言《い》うか。たまちゃんがまる子《こ》にかわって言《い》い返《かえ》した。

「まあ、いくら丸《まる》尾《お》君《くん》が勉強家《べんきょうか》でも、ちょっと失礼《しつれい》じゃないのっ」

だが、丸《まる》尾《お》君《くん》はびくともしない。

「私《ワタクシ》は正直者《しょうじきもの》なのですっ。正直者《しょうじきもの》は、年寄《としよ》りになっても正直《しょうじき》じいさんになって、ズバリみんなからほめられるでしょう!!」

「根《ね》っからのほめられ好《ず》きだね」

まる子《こ》はあきれたように言《い》った。

「はい。私《ワタクシ》、ほめられてほめられて、ほめられっぱなしの人生《じんせい》を送《おく》るために日夜努力《にちやどりょく》を惜《お》しまないのですっ」

そのとき、三人《さんにん》の後《うし》ろから大声《おおごえ》がきこえた。

「おいらなんて、怒《おこ》られっぱなしの人生《じんせい》だもんね——っ。アハハッ。でもおもしろくって仕方《しかた》ないもんねーっ」

丸尾君《まるおくん》はくるりと振《ふ》り向《む》き、声《こえ》の主《ぬし》である山田《やまだ》をキッと見《み》つめた。

「なっなんですとっ、怒《おこ》られっぱなしの人生《じんせい》でも、おもしろいですと!?」

「アハハッそうだじょーーっ。勉強《べんきょう》なんてぜんぜんしないもんねーーっ。そのかわりTV《テレビ》見《み》たりジャンジャンあそんじゃうもんねーーっ。そんで怒《おこ》られたってぜんぜん気《き》にしないもんねーっ」

「…む…むむ…」

不覚《ふかく》にも反論《はんろん》する言葉《ことば》がすぐには思《おも》いつかず、ただうなってしまった丸尾君《まるおくん》は、隣《となり》でなぜかうなだれているまる子《こ》に気《き》がついた。

「…わたしも、今《いま》のところ、怒《おこ》られっぱなしの人生《じんせい》かも……」

まる子《こ》は気《き》がつくと、そうつぶやいていた。今朝《けさ》も、おかあさんから「バカっ」と怒《おこ》られたのだ。考《かんが》えてみたら、毎日《まいにち》怒《おこ》られっぱなしだ。

「もしやっ、さくらさんも、怒《おこ》られっぱなしの人生《じんせい》で楽《たの》しいと思《おも》っているのですかっ?」

まる子《こ》はうつむいたまま、首《くび》を横《よこ》に振《ふ》った。

「……ううん、ちっとも……。山田《やまだ》みたいに、ぜんっぜん勉強《べんきょう》しなくていいやって、わりきれるわけじゃないわりにはそれほど勉強《べんきょう》しないし、怒《おこ》られても気《き》にしない性格《せいかく》じゃないし……すごくいやだなって思《おも》ってるのに、ついつい怒《おこ》られているよ……ああ、最悪《さいあく》の人生《じんせい》だね…」

「さくらさんっ、あなたは中途《ちゅうと》ハンパだから最悪《さいあく》の人生《じんせい》なのですっ。私《ワタクシ》のように努力《どりょく》してほめられるか、山田君《やまだくん》のように何《なに》も努力《どりょく》をしないことにするか、ズバリ、はっきりさせましょ――っ」

「えっ…そんな…丸尾君《まるおくん》のように必死《ひっし》で努力《どりょく》してまでほめられるのも山田《やまだ》のようにひらきなおって怒《おこ》られっぱなしでいるのもどっちもいやだよ、もっとふつうでいいよ〜〜〜」

泣《な》きそうな顔《かお》になったまる子《こ》の肩《かた》をたまちゃんがポンとたたいた。

「そうよ、まるちゃん。ふつうでいいんだよ。わたしなんて、毎日特《まいにちとく》にほめられたりしないけど、別《べつ》に怒《おこ》られたりもしないよ。ふつうに宿題《しゅくだい》をやって、ふつうにお手伝《てつだ》いして、ふつうに暮《く》らしているけど、とっても楽《たの》しいよ。まるちゃんも、そうすればいいんだよ」

丸尾君《まるおくん》が片方《かたほう》のまゆを吊《つ》り上《あ》げ、たまちゃんを見上《みあ》げた。

「じゃ、じゃあ、ほなみさんは私《ワタクシ》がふつうじゃないとおっしゃるのですかっ」

確《たし》かにふつうではない。山田《やまだ》がへらへら笑《わら》った顔《かお》をつき出《だ》したのはそのときだ。

「おれは変《へん》な男子《だんし》かい？」

そうである。

ふつうではない丸尾君《まるおくん》と山田《やまだ》。では、自分《じぶん》はどうなのか。まる子《こ》の口《くち》からため息《いき》がもれ出《で》た。

「…ふつうかぁ……わたし、ふつうより悪《わる》いから怒《おこ》られてばかりいるのかもね…」

「ふつうより悪《わる》いならおいらと同《おな》じだね」

いくらなんでも山田《やまだ》と同列《どうれつ》にされたくはない。

「…悪《わる》いけどあんたよりマシだよ」

「おいらよりマシかぁ、なぁんだ、じゃあえらいなぁ」

「別《べつ》にえらかァないよ……」

すかさず丸尾君《まるおくん》がぐいっと胸《むね》をはってみせた。

「そっ、えらいのはこの私《ワタクシ》なのです」

「へ────、えらいのはキミかあ。珍《めずら》しい人《ひと》だな。アハハアハハ」

まる子《こ》はたまちゃんにささやいた。

「…別《べつ》にえらくならなくてもふつうがいいね…」

「そうそう、ふつうがいいよ」

たまちゃんがうなずいた。

その日《ひ》、まる子《こ》はたまちゃんととし子《こ》ちゃんと一緒《いっしょ》に帰《かえ》った。

まる子《こ》は、一日中《いちにちじゅう》、ふつう、ということが気《き》になって仕方《しかた》がなかった。とし子《こ》ちゃんにきくと、やっぱり自分《じぶん》のことをふつうだと言《い》った。

「へー、とし子《こ》ちゃんもふつうにちゃんと暮《く》らしてるねぇ。えらいなぁ」

「別《べつ》にえらくないよ。だってふつうって言《い》ったらふつうなんだから、特別《とくべつ》なことしてるんじゃないもん、ねぇ」

「うん、そうだよ。まるちゃんにだってきっとできるよ」

たまちゃんがそう言《い》ってニッコリ笑《わら》った。

「そうだよね、ふつうに暮《く》らしゃいいんだもんね。今《いま》までだって、別《べつ》に異常《いじょう》な暮《く》らししてたわけじゃないんだから、ねぇ」

「そうそう。ちょっとした注意《ちゅうい》で怒《おこ》られる回数《かいすう》がグッと減《へ》ると思《おも》うよ。よっぽど悪《わる》いことさえしなきゃ、ふつうは怒《おこ》られないもん」

とし子《こ》ちゃんもはげますように言《い》った。

「ほんとだよね。わたし、そんなに悪《わる》いことしてるおぼえないんだけど、なんでしょっちゅう怒《おこ》られるんだろ？」

「ふしぎだねぇ」

そのときだ。不意《ふい》に「…さくらは、怒《おこ》られるタイプなのさ」という永沢君《ながさわくん》の声《こえ》が後《うし》ろから降《ふ》ってきたのだ。

ぎょっとして振《ふ》り向《む》くと、永沢君《ながさわくん》と藤木《ふじき》と長山君《ながやまくん》がそこにいた。

「なんてこと言《い》うのさ、失礼《しつれい》だね」

まる子《こ》がぷりぷりそう言《い》うと、とし子《こ》ちゃんも口《くち》をとがらせた。

「そうよ、永沢君失礼《ながさわくんしつれい》だよ」

「永沢君《ながさわくん》、あやまれよ」

長山君《ながやまくん》も口《くち》をそろえてくれた。長山君《ながやまくん》は優等生《ゆうとうせい》で万事《ばんじ》そつなく、おまけに性格《せいかく》もよい奴《やつ》である。だが、永沢君《ながさわくん》は言《い》われれば言《い》われるほど、ほくほくした表情《ひょうじょう》になった。

「フン…ほら、ボクなんかもこうしてわりと怒《おこ》られるタイプなのさ。藤木君《ふじきくん》もそうだろ？」

永沢君《ながさわくん》は、関口《せきぐち》やナベちゃんに今日《きょう》、「おまえ暗《くら》いんだよ」と言《い》われていた藤木《ふじき》の姿《すがた》を思《おも》い浮《う》かべていた。藤木《ふじき》もそう言《い》われたとたん、関口《せきぐち》やナベちゃんに「そんなとこ、ボーッと立《た》ってんなよ」と言《い》われたことを思《おも》い出《だ》し、情《なさ》けなさそうにうなずいた。

「…うん、確《たし》かに、ボクもなぜか怒《おこ》られる方《ほう》だな」

永沢君《ながさわくん》は、たまちゃんとよし子《こ》ちゃんを指《ゆび》さした。

「長山君《ながやまくん》やキミたちふたりは怒《おこ》られない方《ほう》のタイプなんだ」

「で、わたしと永沢君《ながさわくん》と藤木《ふじき》は怒《おこ》られる方《ほう》のタイプってわけ!?」

こわばった表情《ひょうじょう》で言《い》ったまる子《こ》に、永沢君《ながさわくん》と藤木《ふじき》はあっさりとうなずいた。

その瞬間《しゅんかん》、まる子《こ》は、地割《じわ》れができて、長山君《ながやまくん》とたまちゃんととし子《こ》ちゃんの三人《さんにん》と、まる子《こ》と永沢君《ながさわくん》と藤木《ふじき》に分《わ》けられてしまったような気《き》がした。

「やだよ～っ、わたしもたまちゃんたちのタイプになりたいよ～っ」

本気《ほんき》で焦《あせ》った声《こえ》を出《だ》したまる子《こ》を、地割《じわ》れのむこうの三人《さんにん》が取《と》り囲《かこ》んだ。

「だっ大丈夫《だいじょうぶ》だよ、まるちゃんだってわたしたちのタイプだと思《おも》うよ、ねぇ」ととし子《こ》ちゃんがなぐさめれば、「そうだよ。さくらはボクらの方《ほう》の仲間《なかま》だよ」と長山君《ながやまくん》が笑顔《えがお》で言《い》い、「そうよ」とたまちゃんが優《やさ》しくうなずく。

だが、永沢君《ながさわくん》はニヤリと冷《ひ》ややかに笑《わら》い、鼻《はな》を鳴《な》らした。

「フッ、いくらなぐさめたってムダさ。怒《おこ》られるタイプという事実《じじつ》は変《か》わりゃしないからね。藤木君《ふじきくん》、行《い》こう」

「うん」

四人《よにん》はふたりの後《うし》ろ姿《すがた》をしばし、無言《むごん》で見《み》つめた。やがてまる子《こ》がつぶやいた。

「…怒《おこ》られるタイプか…」

永沢君《ながさわくん》の言葉《ことば》がまる子《こ》の胸《むね》にグサリと突《つ》き刺《さ》さっていた。


「…ただいま」

まる子《こ》が力《ちから》なく部屋《へや》に入《はい》ろうとしたとき、おかあさんが台所《だいどころ》から顔《かお》を出《だ》して、大声《おおごえ》で叫《さけ》んだ。

「まる子《こ》っ、さっさと宿題《しゅくだい》やっちゃいなさいよっ。まったく毎日毎日《まいにちまいにち》宿題《しゅくだい》もやらずに遊《あそ》びに行《い》っちゃうから夜遅《よるおそ》くになって困《こま》るんだよ。もっとしっかりしてちょうだいっ」

まる子《こ》はおかあさんをちらっと見《み》て、小《ちい》さなため息《いき》をもらした。

「…あーあ、帰《かえ》ってきたとたん怒《おこ》られたね…何《なに》も悪《わる》いことしてないのに……わたしの顔見《かおみ》たとたん怒《おこ》るんだもん…やってられないよ…」

部屋《へや》に入《はい》り、机《つくえ》に座《すわ》って、ほおづえをついた。

「あーあ…怒《おこ》られるタイプか…永沢君《ながさわくん》と藤木《ふじき》が仲間《なかま》か…やんなっちゃうなァ…他《ほか》にも仲間《なかま》がいないかなァ…」

引《ひ》き出《だ》しの中《なか》からクラス名簿《めいぼ》を取《と》り出《だ》し、パラリと開《ひら》き、指《ゆび》で名前《なまえ》を追《お》った。

「…ええと他《ほか》に怒《おこ》られるタイプの人《ひと》は…はまじ!!」はまじもおかあさんに年《ねん》がら年中《ねんじゅう》、怒《おこ》られている。「こりゃ仲間《なかま》だね。他《ほか》には…あっブー太郎《たろう》も」ブー太郎《たろう》もおかあさんに怒《おこ》られて毎日《まいにち》ブーブー言《い》っている。「これも仲間《なかま》だよ、うん。…他《ほか》には…花輪《はなわ》クンはちがうよね…」

花輪《はなわ》クンはヒデじいや大勢《おおぜい》のお手伝《てつだ》いさんたちに囲《かこ》まれ、王子様《おうじさま》のように扱《あつか》われている。

「あーあ、花輪《はなわ》クンはいいよなァ…怒《おこ》られるタイプどころじゃないよ。大切《たいせつ》にされるタイプってのもあるんだね…ハァ」

女子《じょし》の欄《らん》に移《うつ》って、まる子《こ》はとんでもないことに気《き》がついた。

「…女子《じょし》で怒《おこ》られるタイプってあんまりいないなァ…冬田《ふゆた》さんもみぎわさんも怒《おこ》られそうもないし、野口《のぐち》さんだって、変《か》わってる人《ひと》だけど別《べつ》に怒《おこ》られてるってかんじしないもんね。…ひょっとして、女子《じょし》で怒《おこ》られるタイプってわたしだけだったりして…」

はまじ、ブー太郎《たろう》、山田《やまだ》、藤木《ふじき》、永沢君《ながさわくん》など、怒《おこ》られるタイプの男子《だんし》に囲《かこ》まれているただひとりの怒《おこ》られるタイプの女子《じょし》。それが自分《じぶん》だったなんて。まる子《こ》はぎゅっと目《め》をつぶった。（…やだな、わたし、くだらない男子《だんし》たちと同類《どうるい》なんだ……情《なさ》けないったらありゃしないよォォ……）思《おも》わず頭《あたま》をかかえてしまった。

お姉《ねえ》ちゃんが部屋《へや》に入《はい》ってきたのはそのときだ。

「あんた、何悩《なになや》んでんの？」

「あっ、お姉《ねえ》ちゃん。…あんたは怒《おこ》られるタイプじゃないね、うらやましいよ…」

「え？　怒《おこ》られるタイプの人《ひと》なんているの？」

「…うん。あんたの目《め》の前《まえ》にいるこのわたしが怒《おこ》られるタイプだよ…」

まる子《こ》は自分《じぶん》の鼻《はな》の頭《あたま》を指《ゆび》さした。とたんに、お姉《ねえ》ちゃんが声《こえ》をあげて笑《わら》った。

「笑《わら》いごとじゃないよ。こっちゃ真剣《しんけん》なんだよ。このままでいったら、わたしゃ怒《おこ》られっぱなしの人生《じんせい》でお先《さき》まっくらだよォ。アア〜ン、怒《おこ》られないタイプになりたいよォ」

「泣《な》いたって仕方《しかた》ないじゃん。そんなのあんたが悪《わる》いんだから」

「なんでさ」

「あんたがバカだから悪《わる》いんでしょ。いっつもバカなことばっかりやってるから怒《おこ》られるのっ」

「わたし、そんなバカなことばっかりしてたっけ？」

していろ。

「考《かんが》えてもみなさいよ。ドリフでもいつも決《き》まって怒《おこ》られるのはカトちゃんでしょ」

カトちゃんは、バカなことをしては、長《ちょう》さん、いかりや長介《ちょうすけ》に頭《あたま》をパコッとたたかれてばかりだ。

「…そういやそうだね」

「つまりあんたはカトちゃんってことなのっ」

まる子《こ》がカトちゃんなら、お姉《ねえ》ちゃんは？　瞬時《しゅんじ》にひらめいた。

「お姉《ねえ》ちゃん、あんた仲本工事《なかもとこうじ》でうらやましいよ…」

ドリフの仲本工事《なかもとこうじ》は要領《ようりょう》がよく、運動神経《うんどうしんけい》もいいというキャラクターだ。

「…わしは？」

と言《い》いつつ、廊下《ろうか》の戸《と》のところから顔《かお》を出《だ》したのはおじいちゃんの友蔵《ともぞう》であった。

お姉《ねえ》ちゃんがボソッと言《い》った。

「高木《たかぎ》ブーってとこじゃないの」

高木《たかぎ》ブーといえば、やる気《き》のなさそうな雷様《かみなりさま》がはまり役《やく》だ。友蔵《ともぞう》はふっと笑《わら》うと顔《かお》を赤《あか》らめながら「ブ〜〜ッ」とつぶやいた。

「じいちゃん、高木《たかぎ》ブーのファンだったんだね」

「…知《し》らなかったわ」

まる子《こ》とお姉《ねえ》ちゃんは顔《かお》を見合《みあ》わせ、肩《かた》をすくめた。


その夜《よる》、父《ちち》ヒロシの笑《わら》い声《ごえ》がさく裂《れつ》した。

「アッハハハハーーッ。まる子《こ》はカトちゃんだったのかーーっ。どーりでよく怒《おこ》られると思《おも》った。なっ長《ちょう》さん」

長《ちょう》さんと言《い》われたおかあさんはにがりきった顔《かお》になった。

「なんで私《わたし》が長《ちょう》さんなのよ」

「だって一番《いちばん》怒《おこ》るだろ。オレは荒井注《あらいちゅう》だ。なんだバカヤローッ、アッハッハー」

ヒロシは調子《ちょうし》に乗《の》って、荒井注《あらいちゅう》の声真似《こえまね》をしてみせた。荒井注《あらいちゅう》はドリフのふてくされキャラで「なんだバカヤローっ」と「何見《なにみ》てんだよ！」が口癖《くちぐせ》なのだ。

「自分《じぶん》から荒井注《あらいちゅう》だって名《な》のる人《ひと》も珍《めずら》しいわね…」

お姉《ねえ》ちゃんがそう言《い》ってくすっと笑《わら》った。

「じゃあおばあちゃんは？」

まる子《こ》がたずねると、おばあちゃんは顔《かお》を上《あ》げ、目《め》をきらっと光《ひか》らせた。

「わたしゃドリフのメンバーじゃないよ。ま、ゲストの由紀《ゆき》さおりってとこじゃね」

由紀《ゆき》さおりは『夜明《よあ》けのスキャット』などのヒット曲《きょく》を持《も》つ、歌《うた》がとびきりうまい美人歌手《びじんかしゅ》なのだが、ドリフのゲストとして歌《うた》を歌《うた》うだけでなく、バカ殿《との》の腰元役《こしもとやく》などコントでも大活躍《だいかつやく》している。友蔵《ともぞう》がうっとりとした表情《ひょうじょう》になった。

「おお、由紀《ゆき》さおり!!　わしゃばあさんと結婚《けっこん》してよかったよ」

「いいなー、おばあちゃんは由紀《ゆき》さおりで」

まる子《こ》は心底《しんそこ》、うらやましかった。

「カトちゃんだっていいじゃねぇか。人気者《にんきもの》だぞーっ。ハハハ」

「…人気者《にんきもの》でも怒《おこ》られるじゃん。それにわたし、本物《ほんもの》のカトちゃんじゃないから別《べつ》に人気《にんき》ないもん……人気《にんき》ないカトちゃんなんて、ただの〝よく怒《おこ》られる人《ひと》〟だよ…やだよそんなの」

「そうじゃのう。カトちゃんだって、実際《じっさい》は別《べつ》に毎日長《まいにちちょう》さんに怒《おこ》られてるわけじゃないじゃろから、本当《ほんとう》は〝人気者《にんきもの》で怒《おこ》られない人《ひと》〟じゃろうね」

おばあちゃんがそう言《い》い、友蔵《ともぞう》が続《つづ》けた。

「人気者《にんきもの》で怒《おこ》られないんなら、人気《にんき》がなくて怒《おこ》られるまる子《こ》とは正反対《せいはんたい》じゃないか。ということは、まる子《こ》はカトちゃんじゃないぞっ」

あたりまえである。

「カトちゃんじゃないんなら、一体《いったい》わたしって、だれ？」

「てめぇにきまってるだろ。まる子《こ》はまる子《こ》だっ」

まゆを上《あ》げて言《い》ったヒロシに、まる子《こ》と友蔵《ともぞう》が同時《どうじ》に深々《ふかぶか》とうなずいた。

「ああ、そうか」

やっぱり浮《う》かない顔《かお》をしているまる子《こ》に、おかあさんが言《い》った。

「バカなことばっかりいつまでも言《い》ってんじゃないの。まる子《こ》がよく怒《おこ》られるのは、自分《じぶん》が悪《わる》いからでしょ。宿題《しゅくだい》はしない、手伝《てつだ》いはしない、マンガばっかり読《よ》んでお菓子《かし》ばっかり食《た》べて、部屋《へや》はちらかすし、いいことひとつもしてないじゃない」

「だからって、ドロボーだとか人殺《ひとごろ》しみたいな悪《わる》いことだってしてないじゃん。そんなに怒《おこ》ることないんじゃないの？」

「バカっ。悪《わる》いことなんてしたらこんなもんじゃすまないよ。毎日毎日《まいにちまいにち》おかあさんが言《い》ってるのは文句《もんく》なのっ」

「文句《もんく》なんて言《い》わないでよ。わたしゃこうやって元気《げんき》に明《あか》るく生《い》きてるんだから、それだけでも満足《まんぞく》して、もっと優《やさ》しくしてよ」

するとお姉《ねえ》ちゃんがピシリと言《い》った。

「あんたなんて甘《あま》やかしたらどこまでもツケあがるタチだから、厳《きび》しくされてちょうどいいのよ」

まる子《こ》の肩《かた》がすとんと落《お》ちた。

「仲本工事《なかもとこうじ》の言《い》うことは厳《きび》しいね」

「…まだドリフのメンバーにあてはめてる…」

次《つぎ》に口《くち》を出《だ》したのはヒロシだ。

「お姉《ねえ》ちゃんの言《い》う通《とお》りだ。まる子《こ》は甘《あま》やかさない方《ほう》がいい。こいつ、甘《あま》えるタチだからな。ホント、甘《あま》やかしたらキリがないぞ」

「何《なに》さ、いやな人《ひと》たちだね…こんな家《いえ》に生《う》まれてきたのが運《うん》のツキだよ。ああ〜ん」

まる子《こ》の目《め》に涙《なみだ》が浮《う》かんだ。浮《う》かんだと思《おも》ったらぽろぽろとほおを伝《つた》った。

「何《なに》も泣《な》くことないじゃろ」

おばあちゃんがいたわるように言《い》った。友蔵《ともぞう》も身《み》を乗《の》り出《だ》した。

「そうじゃよ、まる子《こ》。だれがなんと言《い》っても、わしゃまる子《こ》の味方《みかた》じゃや。たとえまる子《こ》が石川《いしかわ》ゴエモンのように大《おお》ドロボーになったとしても、わしゃまる子《こ》の手伝《てつだ》いをするぞ」

「おじいちゃぁぁぁん」

まる子《こ》が抱《だ》きつくと、友蔵《ともぞう》はきりっと表情《ひょうじょう》を結《むす》び、声《こえ》に力《ちから》をこめた。

「まる子《こ》、わしはまる子《こ》を甘《あま》やかすぞ。だれが止《と》めようとしてもムダじゃ」

「…だからってドロボーの手伝《てつだ》いまですることないじゃない…」

お姉《ねえ》ちゃんがあきれたように言《い》うと、ヒロシも声《こえ》をそろえた。

「そうだぞ。そんなバカなことしない人間《にんげん》に育《そだ》てるために、厳《きび》しくする方《ほう》がまる子《こ》のためだ。厳《きび》しくするのも愛情《あいじょう》なんだぞっ」

「べ〜〜〜」

まる子《こ》と友蔵《ともぞう》がそろって、アッカンベーをした。もう涙《なみだ》はどこにもない。

風呂《ふろ》からあがり、パジャマに着替《きが》えたまる子《こ》の口《くち》がポカンとあいたのは、それから一時間後《いちじかんご》のことだった。もう布団《ふとん》まで敷《し》き終《お》わり、寝《ね》るばかりになっていた。

「あ〜まずいまずい。また宿題《しゅくだい》やるの忘《わす》れてたよ。今日《きょう》からふつうに暮《く》らそうと思《おも》ってたのに、また怒《おこ》られちゃうよ、どうしよ〜っ」

あわてて机《つくえ》に向《む》かい、ノートを開《ひら》いた。絶妙《ぜつみょう》のタイミングで部屋《へや》をのぞいたおかあさんがそれを見《み》て、声《こえ》をあげた。

「まる子《こ》っ、もう寝《ね》なさいっ」

「うん、もうすぐ寝《ね》るから」

「あっ、あんたまた宿題《しゅくだい》やってないんでしょ」

「うっううん、ちがうちがう。これね、明日《あした》の予習《よしゅう》なんだ。宿題《しゅくだい》なんかじゃないよ。

バカにしないでよ」

「ウソおっしゃい！」

まる子《こ》は、まさに「ヒェ〜〜〜っ」という気持《きも》ちだった。

翌朝《よくあさ》、教室《きょうしつ》の席《せき》につくと、隣《となり》のたまちゃんが何気《なにげ》なくたずねた。

「まるちゃん、昨日《きのう》はどうだった？　ふつうに暮《く》らせた？」

「…ううん、怒《おこ》られた」

「なんでっ？」

「…怒《おこ》られるタイプはどんな人《ひと》かっていうことを考《かん》えてたら……宿題《しゅくだい》やるの忘《わす》れちゃって、夜遅《よるおそ》くにやっと思《おも》い出《だ》して…それでおかあさんに怒《おこ》られたよ…」

「怒《おこ》られるタイプの人《ひと》のことを考《かん》えていて、自《じ》分《ぶん》が怒《おこ》られたんじゃ、身《み》もフタもないじゃないの」

「…そう。わたしゃバカなんだよ。…くぅ…情《なさ》けないよ。しょせん、カトちゃんほど人気《にんき》のないカトちゃんなんだ」

返《かえ》す言葉《ことば》が見《み》つからず、たまちゃんも黙《だま》ってしまった。永《なが》沢《さわ》君《くん》と藤《ふじ》木《き》がいつしかまる子《こ》の後《うし》ろに立《た》っていた。永《なが》沢《さわ》君《くん》は冷《ひ》ややかにまる子《こ》を見《み》おろしながら言《い》った。

「ほらね、言《い》った通《とお》りだろ。さくらは怒《おこ》られるタイプなんだ」

藤《ふじ》木《き》がまゆを寄《よ》せてつぶやいた。

「…うん。本当《ほんとう》に永《なが》沢《さわ》君《くん》の言《い》った通《とお》りだね」

一気《いっき》にまる子《こ》の頭《あたま》に血《ち》が上《のぼ》った。

「キィ〜〜ッ、いちいち腹《はら》のたつことを、わざわざ言《い》いにこないでよっ」

「わっ、怒《おこ》られちゃった」

首《くび》をすくめた藤木《ふじき》に、永沢君《ながさわくん》はにべもなく言《い》った。

「だから昨日《きのう》も言《い》ったろ、ボクもキミも怒《おこ》られるタイプなんだって」

「あっそうか。ボクもキミも怒《おこ》られるタイプだったね。だから今《いま》もさくらに怒《おこ》られたのか」

まる子《こ》は机《つくえ》に両手《りょうて》をつき、ガタンと音《おと》をたてて立《た》ち上《あ》がった。

「うるさいっ。あっち行《い》ってよ」

「わっ、また怒《おこ》られた」

「だから怒《おこ》られるタイプだから仕方《しかた》ないんだってば」

「あ、そうか」

藤木《ふじき》と永沢君《ながさわくん》はまた同《おな》じことを繰《く》り返《かえ》した。

「あっち行《い》ってってって言《い》ってるでしょっ」

「わっまた怒《おこ》られた」

いいかげんにしろ。

まる子《こ》はストンと椅子《いす》に座《すわ》った。

「あ〜やだやだやだ。わたしもあの人《ひと》たちと同《おな》じ怒《おこ》られるタイプなんて」

「…あんまりなぐさめにならないかもしれないけど…まるちゃんは、同《おな》じ怒《おこ》られるタイプでも、永沢君《ながさわくん》たちとはちがう気《き》がするよ…」

「えっ、同《おな》じ怒《おこ》られるタイプでもちがうって、どういうこと？」

「…永沢君《ながさわくん》たちって、…なんていうかジメジメしてるところが怒《おこ》られるもとになってるでしょ？　でもまるちゃんはちがうもん。どっちかって言《い》うと、はまじやブー太郎《たろう》のタイプっていうか…」

まる子《こ》の首《くび》ががっくりうなだれた。

「…本当《ほんとう》にあんまりなぐさめになってないね」

「ごめんっ、でっでも、同《おな》じ怒《おこ》られるタイプなら、はまじやブー太郎《たろう》の方《ほう》がスッキリしていていいじゃない」

折悪《おりあ》しく、はまじとブー太郎《たろう》が通《とお》りかかったのはそのときだ。

「オレ、昨日《きのう》家《いえ》ン中《なか》でさか立《だ》ちやって障子《しょうじ》ブッこわしてかーちゃんにすげェ怒《おこ》られちまったぞ」とはまじが言《い》えば、「おれは食《く》いすぎで怒《おこ》られたブー」とブー太郎《たろう》が言《い》い、それからふたりは乾《かわ》いた笑《わら》い声《ごえ》を残《のこ》して去《さ》っていった。

「ほら、なんとなく明《あか》るくていいじゃん、ね」

たまちゃんがちょっと顔《かお》をひきつらせながら言《い》った。まる子《こ》は力《ちから》なく笑《わら》った。

「…ようするに、おっちょこちょいってことだよね…ハハハ」

「おっちょこちょいなんて、かわいいじゃない」

じゃあんたはなりたいか。

「…ボクらはジメジメしているんだって」

「…うん、確《たし》かにスカッとしてはいないよね」

さっきむこうに行《い》ったはずの永沢君《ながさわくん》と藤木《ふじき》の声《こえ》がまた後《うし》ろからきこえて、まる子《こ》とたまちゃんはハッとした。

振《ふ》り返《かえ》ると、いつのまにか、ふたりが戻《もど》ってきて、後《うし》ろに立《た》っていた。そのさらに後《うし》ろを山田《やまだ》が笑《わら》いながら走《はし》り過《す》ぎた。

「宿題《しゅくだい》やってくるの忘《わす》れちゃった〜〜。でも別《べつ》にいいんだ〜。毎日《まいにち》やってないもんね〜、ハハハ」

まる子《こ》は首《くび》をかしげた。

「…なんかいろいろあるね、怒《おこ》られるタイプでも…」

すかさず、永沢君《ながさわくん》が藤木《ふじき》にたずねた。

「藤木君《ふじきくん》は、どの怒《おこ》られるタイプが一番好《いちばんす》きかい？　ボクらのように、ジメジメしているタイプ、さくらや浜崎君《はまざきくん》たちのように、おっちょこちょいのタイプ、そして山田《やまだ》君《くん》のように、怖《こわ》いもの知《し》らずのタイプ……さあ、どれだい？」

「…悩《なや》むなァ」

そんなことで悩《なや》むな。

まる子《こ》も、どの怒《おこ》られるタイプが一番好《いちばんす》きかと考《かんが》えてみた。

「…どれも最低《さいてい》だけどさ、なんだかおっちょこちょいが一番《いちばん》マシっていう気《き》がするな…」

まる子《こ》がつぶやくと、藤木《ふじき》がうなずいた。

「そうかもね、キミたちのはまだマシかもね」

「山田君《やまだくん》のように、怖《こわ》いもの知《し》らずっていうのにも、ちょっと憧《あこが》れちゃうけどな…」

永沢君《ながさわくん》が続《つづ》けた。藤木《ふじき》がハッとしたように言《い》った。

「…すると、最低《さいてい》の中《なか》でも一番最低《いちばんさいてい》なのは、ボクと永沢君《ながさわくん》のタイプだね」

「…うん」

藤木《ふじき》と永沢君《ながさわくん》が顔《かお》を見合《みあ》わせ、がくんと首《くび》を落《お》とした。そのとたん、ゴ〜ンと鐘《かね》の音《おと》がきこえたような気《き》がした。

丸尾君《まるおくん》の声《こえ》が遠《とお》くからきこえたのはそのときだ。

「はいはいはい、ちょっとどいてくださいよ」

丸尾君《まるおくん》はだれに頼《たの》まれたわけでもないのに、ひとりで教室《きょうしつ》の拭《ふ》きそうじをしていた。

「私《ワタクシ》、毎朝《まいあさ》このように教室《きょうしつ》をきれいにしているのですよ〜っ」と言《い》いながら、自分《じぶん》で「えっさ、ほいさ」と掛《か》け声《ごえ》をかけ、走《はし》り回《まわ》って窓《まど》の桟《さん》やら教壇《きょうだん》やらを拭《ふ》きまくっている。

「…ほめられるために、あんなに努力《どりょく》しなきゃなんないのも大変《たいへん》だね」

「…うん」

必死《ひっし》にそうじをしていた丸尾君《まるおくん》が、教室《きょうしつ》の中《なか》で遊《あそ》んでいた男子《だんし》たちの中《なか》に「はいはい、すみませんね。そうじですよ〜」とわりこんだのが見《み》えた。押《お》しのけられた男子《だんし》たちは不愉快《ふゆかい》な表情《ひょうじょう》になって丸尾君《まるおくん》にかみついた。

「なんだよ、じゃまだな」

「こっち来《く》んなよ。むこう行《い》けよ」

「そうじなんかすんなよっ」

さんざん言《い》われつつも、そうじする手《て》を休《やす》めない丸尾君《まるおくん》の姿《すがた》を見《み》ながら、まる子《こ》はたまちゃんに言《い》った。

「…丸尾君《まるおくん》、ほめられるためにそうじしてるのに、怒《おこ》られてるよ……」

「うん…」

「…なんか、一番《いちばん》なりたくないタイプってかんじだね」

「…うん」

うつうつとしていた気持《きも》ちがすーっと消《き》えたかんじがした。

一方《いっぽう》、丸尾君《まるおくん》は泣《な》きながらそうじを続《つづ》けていた。

まる子《こ》より、永沢君《ながさわくん》より、山田《やまだ》よりだれよりもいっしょうけんめい生《い》きている丸尾《まるお》君《くん》に、ズバリ幸《さち》あれ……。

「全国《ぜんこく》の丸尾《まるお》スエオタイプの人《ひと》、ズバリ、がんばりましょ〜っ」

「出《だ》した手《て》紙《がみ》をとりもどせ!!」の巻《まき》

「…うーむ、うーむ、何《なん》と言《い》ったらいいんじゃろう…」

腕組《うでぐ》みをして、おじいちゃんの友蔵《ともぞう》がしきりにうなっていた。

「おじいちゃん、何《なに》かおいしい物《もの》ある？」

学校《がっこう》から帰《かえ》ったまる子《こ》が部屋《へや》に飛《と》びこんできても、友蔵《ともぞう》は顔《かお》を上《あ》げようともしない。

「そこに温泉《おんせん》まんじゅうがあるじゃろ。いくつでもお食《た》べ」

「やったァ。おじいちゃんも一緒《いっしょ》に食《た》べようよ」

「…わしゃ今《いま》いらんよ。まる子《こ》だけおあがり」

もう一度《いちど》ため息《いき》をついた友蔵《ともぞう》を、まる子《こ》は上目遣《うわめづか》いで見《み》ながら、鉢《はち》に盛《も》られたまんじゅうに手《て》を伸《の》ばした。

「さみしいもんだね。いつもなら一緒《いっしょ》に食《た》べてくれるおじいちゃんなのに、今日《きょう》はフラれちゃうとはね。恋《こい》なんてはかないもんだよ。昨日《きのう》の恋人《こいびと》が今日《きょう》は他人《たにん》ってかんじ。あ〜〜あ」

そう言《い》いながら、まんじゅうをカプッとひと口《くち》食《た》べた。友蔵《ともぞう》がハッとして、まる子《こ》を見《み》た。

「何《なに》もわしゃ、まる子《こ》と一緒《いっしょ》に食《た》べるのが嫌《いや》で、まんじゅうを食《た》べないんじゃないぞ。今《いま》ちょっと考《かんが》えごとをしとるんじゃよ」

まる子《こ》の驚《おどろ》きようといったらなかった。

「えっ、考《かんが》えごと!? 何《なに》、おじいちゃんでも考《かんが》えごとなんてするの？ っか〜〜、恐《おそ》れ入《い》ったねこりゃ、うちのじいちゃんは偉《えら》いよ、立派《りっぱ》な人《ひと》だ」

「いやァ、そんな、立派《りっぱ》な人《ひと》だなんてわしゃ、今《いま》まで自分《じぶん》でも気《き》がつかなかったよ」

つるりとおでこをなで、ほおを赤《あか》く染《そ》めて、友蔵《ともぞう》は照《て》れまくった。

「気《き》がつくわけないよ。それより一体何《いったいなん》の考《かんが》えごとをしてたの？ もしよかったら話《はな》してみてよ」

友蔵《ともぞう》はふうっと肩《かた》を落《お》とすと、もじもじと畳《たたみ》の目《め》を数《かぞ》え始《はじ》めた。

「…まる子《こ》にこんな話《はなし》してもよいものかどうか」

「…さみしいもんだね。いつものおじいちゃんならわたしに話《はな》してくれるのに。まんじゅうといい考《かんが》えごとといい、今日《きょう》はフラれてばっかりだよ。あ〜あ、立派《りっぱ》になった人《ひと》はちがうね。しょせんまる子《こ》なんか相手《あいて》にしちゃくれないんだ」

友蔵《ともぞう》があわてて顔《かお》を上《あ》げた。

「まる子《こ》っ、そんなんじゃないんじゃ。話《はな》すよ、話《はな》しゃいいんじゃろ」

「そう、話《はな》しゃいいの」

友蔵《ともぞう》は覚悟《かくご》を決《き》め、ポツリポツリと話《はな》し始《はじ》めた。

「あのなァ…今年《ことし》の新年会《しんねんかい》があったじゃろ…わしらの同窓会《どうそうかい》の…」

まる子《こ》はパンと手《て》をうった。

「うん、一月《いちがつ》の末《すえ》ごろおじいちゃん行《い》ったよね。酔《よ》っぱらって帰《かえ》ってきて、玄関《げんかん》の花《か》びん割《わ》っておばあちゃんにすっごい怒《おこ》られたよね、覚《おぼ》えてるよ」

やなことを詳《くわ》しく覚《おぼ》えられたものである。

得意《とくい》げに笑《わら》ったまる子《こ》を、友蔵《ともぞう》はうらめしそうに見《み》つめ、ふっと肩《かた》を落《お》とすと、話《はなし》を続《つづ》けた。

「…あの日《ひ》の同窓会《どうそうかい》で、わしゃ三田《みた》さんに一万円《いちまんえん》貸《か》したんじゃ。何《なん》でもタクシー代《だい》がないとか言《い》うんで、わしも気《き》の毒《どく》になってしまってのう」

「そりゃ貸《か》してやるべきだよ。三田《みた》さんだって歩《ある》いて帰《かえ》るわけにゃいかないもんね」

「そうなんじゃ。それで、わしは一万円《いちまんえん》を気前《きまえ》よく三田《みた》さんに渡《わた》したんじゃ」

「そんでよかったじゃん。めでたしめでたしじゃん。何《なに》か困《こま》ったことある？」

ゆっくりと友蔵《ともぞう》がうなずいた。

「…あるとも」

「何《なに》？」

まる子《こ》が友蔵《ともぞう》の目《め》をのぞきこんだ。

「貸《か》したあと、その一万円《いちまんえん》は返《かえ》ってくるじゃろ？」

「そりゃね、借《か》りた人《ひと》がすぐに返《かえ》すのがルールだよね」

「じゃろ？」

「うん」

「それが、まだ返《かえ》してもらってないんじゃよ、三田《みた》さんから」

まる子《こ》の目《め》が大《おお》きくなった。

「ええっ、ほんと!? もう三月《さんがつ》だよ、同窓会《どうそうかい》があったのって一月《いちがつ》でしょ? ちょっとルーズだねェ、三田《みた》さんていう人《ひと》も」

「そうなんじゃ。三田《みた》ちゃんはそんなルーズな人《ひと》じゃないはずだったんじゃがのう」

友蔵《ともぞう》の脳裏《のうり》に、少年時代《しょうねんじだい》の思《おも》い出《で》が広《ひろ》がった。


あれは中学生《ちゅうがくせい》になった年《とし》のことだったろうか。冬《ふゆ》のはじめだった。友蔵《ともぞう》は三田《みた》ちゃんと川辺《かわべ》で遊《あそ》んでいた。川《かわ》に向《む》かって石《いし》を投《な》げたり、追《お》いかけっこをしたり。

風《かぜ》は肌《はだ》をさすようで、水《みず》は手《て》を切《き》るほどの冷《つめ》たさだったが、ふたりは何時間《なんじかん》遊《あそ》んでも飽《あ》きるということがなかった。

ところが、川《かわ》の石《いし》の上《うえ》をぴょんぴょん飛《と》んで渡《わた》っていく遊《あそ》びをしていたとき、三田《みた》ちゃんが石《いし》の上《うえ》で足《あし》を滑《すべ》らせてしまったのである。

「ワァア」

ドボーン！

そのまま川《かわ》に落《お》っこちてしまった。

「三田《みた》ちゃんっ、大丈夫《だいじょうぶ》かい？」

「うん、平気《へいき》さ」

とはいうものの、川《かわ》からあがった三田《みた》ちゃんは上半身《じょうはんしん》までグズグズになっていた。

「三田《みた》ちゃん、服《ふく》がズブぬれじゃないか。ボクの運動着《うんどうぎ》を貸《か》してあげるよ」

友蔵《ともぞう》は川辺《かわべ》に置《お》いてあった学生《がくせい》カバンから、急《いそ》いで運動着《うんどうぎ》を取《と》り出《だ》した。

「いいよ友蔵《ともぞう》ちゃん、悪《わる》いよ」

「何《なに》を言《い》ってるんだ、カゼひくよ」

三田《みた》ちゃんは遠慮《えんりょ》がちに運動着《うんどうぎ》を受《う》け取《と》ると、律儀《りちぎ》に頭《あたま》をぺこりと下《さ》げた。

「すまん。すぐに洗《あら》って返《かえ》すから」

「気《き》にしなくていいよ」

その夜《よる》のことだった。友蔵《ともぞう》の家《いえ》の玄関《げんかん》をコンコンとたたく音《おと》がした。

「だれかな？　どなたですか」

「友蔵《ともぞう》ちゃん、三田《みた》です」

「三田《みた》ちゃん!?」

友蔵《ともぞう》があわてて扉《とびら》を開《あ》けると、玄関灯《げんかんとう》の下《した》に、三田《みた》ちゃんが笑顔《えがお》で立《た》っていた。

「三田《みた》ちゃん、どうしたんだい？」

三田《みた》ちゃんが差《さ》し出《だ》したのは、その日《ひ》、川辺《かわべ》で貸《か》した運動着《うんどうぎ》だった。

「友蔵《ともぞう》ちゃん、運動着《うんどうぎ》、どうもありがとう」

「こんなに早《はや》く、しかもパシッとアイロンまでかかっているじゃないか」

「…それからコレ」

布《ぬの》に包《つつ》まれた物《もの》を友蔵《ともぞう》の手《て》に載《の》せた。

「ミカンなんだけど、お礼《れい》に」

「えっ、そんな、三田《みた》ちゃん」

恐縮《きょうしゅく》する友蔵《ともぞう》をまぶしそうに見《み》て、三田《みた》ちゃんはふわっと笑《わら》った。

「じゃ、本当《ほんとう》にありがとう」

深々《ふかぶか》と頭《あたま》を下《さ》げ、くるりと回《まわ》れ右《みぎ》をして、走《はし》り去《さ》った。

「おい、三田《みた》ちゃんっ」

三田《みた》ちゃんは曲《ま》がり角《かど》で一度《いちど》だけ振《ふ》り向《む》いた。ニコッと笑《わら》い、大《おお》きく手《て》を振《ふ》った。

そのとき、友蔵《ともぞう》は思《おも》ったのである。

（…三田《みた》ちゃん、キミって奴《やつ》は、なんて律儀《りちぎ》な人《ひと》なんだ。あんなにキチンとしてる人《ひと》、なかなかいないよなァ…）

その三田《みた》ちゃんが、貸《か》したお金《かね》のことを忘《わす》れるなんて、考《かんが》えられなかった。

「三田《みた》ちゃんは、どう考《かんが》えてもルーズな人《ひと》じゃないはずじゃっ」

友蔵《ともぞう》のため息《いき》は深《ふか》かった。まる子《こ》のまゆもいつしか八《はち》の字《じ》になっていた。

「だけどまだ返《かえ》してくれないっていうのは、三田《みた》ちゃんちょっと図々《ずうずう》しいよ」

「……うーむ、まァ、一万円《いちまんえん》ぐらいのことじゃから、あきらめりゃいいんじゃが……」

「おじいちゃんっ、あきらめりゃいいなんてのんきなこと言《い》ってる場合《ばあい》じゃないよっ。あんたっ、一万円《いちまんえん》っつったら百円《ひゃくえん》のお菓子《かし》が百個《ひゃっこ》買《か》えるんだよっ」

友蔵《ともぞう》の目《め》が大《おお》きくなった。

「おっ、まる子《こ》、暗算《あんざん》が達者《たっしゃ》にできるようになったのう」

まる子《こ》のほおがさっと赤《あか》くなった。勉強《べんきょう》のことでほめられるなんてめったにないので、思考停止《しこうていし》になるほど、照《て》れくさくなってしまう。

まる子《こ》はあわてて手《て》を顔《かお》の前《まえ》で振《ふ》った。

「いちいちほめてくんなくてもいいよ。ほめてくれてもいいけど……とにかく、一万《いちまん》円《えん》は大金《たいきん》だよっ、取《と》り戻《もど》すまであきらめちゃいけないよ」

「やはりそうかのう」

「絶対《ぜったい》そうだよ」

友蔵《ともぞう》が口《くち》ごもった。

「…じゃが…言《い》いにくいもんじゃよ、お金《かね》を返《かえ》してくれなんて」

「言《い》いにくいなら手紙《てがみ》を書《か》けばいいじゃん」

「おお、そりゃ名案《めいあん》じゃな。よし、手紙《てがみ》を書《か》くことにしよう」

名案《めいあん》だとほめられて、まる子《こ》は思《おも》わずデレッとなった。

そんなまる子《こ》とは対照的《たいしょうてき》に、友蔵《ともぞう》は唇《くちびる》をひきしめ、いそいそと文机《ふづくえ》に向《む》かうと、便《びん》せんとペンを取《と》り出《だ》した。しかし、握《にぎ》りしめたペンは、一向《いっこう》に動《うご》かなかった。

「…さて、何《なん》て書《か》いたらいいもんじゃ」

まる子《こ》は、見《み》ていられなくなった。

「おじいちゃん、ここはひとつ、言《い》いにくいことも手紙《てがみ》ってことで気《き》を大《おお》きく持《も》った方《ほう》がいいよ。バシッと手厳《てきび》しく書《か》きなよ」

「おお、そうじゃな。バシッと手厳《てきび》しくいこうか」

「そうだよ『三田《みた》さん、あんたは一月《いちがつ》に貸《か》したお金《かね》を三月《さんがつ》になってもまだ返《かえ》してくんないなんて、ちょっとルーズじゃありませんか』って、バーンと書《か》いちゃった方《ほう》がいいよ」

友蔵《ともぞう》はペンを握《にぎ》り直《なお》した。

「なになに、今《いま》まる子《こ》、うまいこと言《い》ったのう、もう一回言《いっかいい》っとくれ」

「三田《みた》さん、あんたって人《ひと》は、一月《いちがつ》に貸《か》したお金《かね》を三月《さんがつ》の今《いま》になってもまだ返《かえ》してくんないけど、それはどういうことかいな、ちょっとルーズじゃございませんかってんだ」

友蔵《ともぞう》が小首《こくび》をかしげた。

「前《まえ》に言《い》ったのより、少《すこ》し長《なが》くなってなかったかね？」

まる子《こ》は首《くび》を思《おも》いきり左右《さゆう》に振《ふ》った。

「気《き》にしない気《き》にしない」

友蔵《ともぞう》は、ゆっくりとペンを動《うご》かし、便《びん》せんにていねいに書《か》きつけていった。

「できたっ」

やっとのことで、友蔵《ともぞう》は顔《かお》を上《あ》げた。

「これで返《かえ》してくんなきゃ、三田《みた》さんとはもう絶交《ぜっこう》だよ。うん」

まる子《こ》が続《つづ》きを言《い》ったが、友蔵《ともぞう》はペンを置《お》き、便《びん》せんを持《も》ち上《あ》げた。

「ちょっと読《よ》み返《かえ》してみよう」

「OK《オーケー》」

友蔵《ともぞう》はンンッと軽《かる》くせき払《ばら》いをすると、便《びん》せんを目《め》の高《たか》さに持《も》ち上《あ》げた。まる子《こ》と声《こえ》を合《あ》わせて読《よ》み出《だ》した。

「前略《ぜんりゃく》、三田《みた》さん、あんたって人《ひと》は、わしが一月《いちがつ》に貸《か》した一万円《いちまんえん》を、三月《さんがつ》の今《いま》になってもまだ何《なん》の音沙汰《おとさた》なしで返《かえ》してくれないなんて、こりゃまたどうしたことかいな。ちょっとルーズじゃないですかってんだ」

友蔵《ともぞう》はあごに手《て》をやり、つぶやいた。

「…この、ないですかってんだ…ってところ、『ないですか』にした方《ほう》がいいと思《おも》うんじゃが…」

まる子《こ》がふんふんとうなずいた。

「…そうだね、ちょっと勢《いきお》いありすぎるね」

「直《なお》そう」

「…うん」

友蔵《ともぞう》はまたペンを握《にぎ》った。

直《なお》し終《お》えると、顔《かお》を上《あ》げ、再《ふたた》び、まる子《こ》とふたりで手紙《てがみ》の続《つづ》きを読《よ》んだ。

「…ルーズじゃないですか。三田《みた》さんは、そんな人《ひと》じゃなかったはずだよ。言《い》い訳《わけ》ご無用《むよう》。今《いま》すぐ現金書留《げんきんかきとめ》で、このさくら友蔵《ともぞう》まで一万円《いちまんえん》を送《おく》るべし、草々《そうそう》」

友蔵《ともぞう》はこめかみに指《ゆび》をたて、ぐるぐると押《お》した。

「…この、送《おく》るべしっていうところ、送《おく》ってくださいに直《なお》した方《ほう》がいいと思《おも》うんじゃが…」

まる子《こ》は腕組《うでぐ》みをしたままうなずいた。

「…うん、そこも直《なお》した方《ほう》がいいね」

友蔵《ともぞう》はペンに伸《の》ばしかけた手《て》を途中《とちゅう》でとめ、数秒《すうびょう》、考《かんが》えた。

「…いや、でもこのくらいきつく言《い》った方《ほう》がいいかな」

「その辺《へん》はおじいちゃんにまかせるよ」

友蔵《ともぞう》はほおに手《て》をあて、しばらくそのままでいた。それから、顔《かお》を上《あ》げ、天井《てんじょう》をあおぎ見《み》ると、柄《がら》にもなく重々《おもおも》しく言《い》った。

「よし、わしも男《おとこ》じゃ。このまま出《だ》そう」

すかさず、まる子《こ》が持《も》ち上《あ》げる。

「男《おとこ》だねえ」

友蔵《ともぞう》はカンカンカンカンカンという、歌舞伎《かぶき》の鳴《な》りものがきこえてきたような気《き》がした。瞬間《しゅんかん》、顔《かお》に赤《あか》い線《せん》を描《か》く隈取《くまどり》をし、はでな着物《きもの》を身《み》につけ、足《あし》をトンと大《おお》きく踏《ふ》み出《だ》し、手《て》を大《おお》きく広《ひろ》げ……大見得《おおみえ》という決《き》めのポーズを切《き》っている気分《きぶん》になった。

〝いよっ！　さくらやっ！〟のかけ声《ごえ》がきこえてきそうだ。その着物《きもの》のそでをつかんでしゃがみこみ、しなを作《つく》っているのは、まる子《こ》である。決《き》まった！

とにかく、友蔵《ともぞう》は勇気《ゆうき》りんりんの、男《おとこ》の気分《きぶん》であった。便《びん》せんを封筒《ふうとう》に入《い》れ、切手《きって》を貼《は》り、肩《かた》をいからせながら、ポストまで歩《ある》いていった。

ひきしまった気分《きぶん》で、封筒《ふうとう》をポストに押《お》しこむと、ポトリと封筒《ふうとう》がポストの底《そこ》に着《ちゃく》地《ち》した音《おと》がひびいた。

友蔵《ともぞう》はしみじみとつぶやいた。

「…さあ、もうさじは投《な》げられた」

それを言《い》うならサイである。

友蔵《ともぞう》のお供《とも》をしてついてきたまる子《こ》が手《て》をつないだ。

「もう取《と》り返《かえ》しがつかないね。あとは三田《みた》さんが改心《かいしん》してお金《かね》を返《かえ》してくれるのを待《ま》つばかりだね」

友蔵《ともぞう》はまる子《こ》の手《て》をぎゅっと握《にぎ》りしめた。

「うむ。三田《みた》ちゃんよ、頼《たの》む。わしを裏切《うらぎ》ったりしないでおくれ」

「三田《みた》ちゃん…」

ふたりは、思《おも》わず空《そら》をあおいだ。夕暮《ゆうぐ》れだった。あかね色《いろ》の空《そら》を、ねぐらに帰《かえ》ろうとする鳥《とり》が数羽横切《すうわよこぎ》っていく。友蔵《ともぞう》の目《め》が、その鳥《とり》の姿《すがた》を追《お》っていた。

「この空《そら》を、今《いま》、三田《みた》ちゃんも見《み》ているだろうか」

「おじいちゃん、三田《みた》ちゃんも、きっとどこかでこの空《そら》を見《み》てるよ、そしておじいちゃんに悪《わる》いと思《おも》いながら、胸《むね》をいためて見《み》ているにちがいないよ」

友蔵《ともぞう》は、空《そら》にぽっかりと三田《みた》ちゃんの顔《かお》が浮《う》かんだような気《き》がした。

「三田《みた》ちゃん、若《わか》いころを思《おも》い出《だ》すのう」

「…おじいちゃん…」

友蔵《ともぞう》とまる子《こ》は空《そら》をあおぎながら、どちらからともなく、歌《うた》い出《だ》した。

♪げたをならして奴《やつ》がくる
腰《こし》に手《て》ぬぐいぶらさげてェ
学生服《がくせいふく》にしみこんだ——

男《おとこ》のにおいがやってくる
あああ――夢《ゆめ》よよき友《とも》よ
おまえ今《いま》ごろどのそらの下《した》で
おれとおんなじあの星《ほし》みつめて
何《なに》おぉもぉう――

友蔵《ともぞう》は、三田《みた》ちゃんの笑顔《えがお》と、三田《みた》ちゃんと過《す》ごしたたのしい学生時代《がくせいじだい》が思《おも》われてならなかった。友蔵《ともぞう》は心《こころ》の中《なか》でつぶやいた。

(三田《みた》ちゃん、あんたほんとに今《いま》ごろどうしてるんじゃい)

では三田《みた》ちゃんがどうしていたかというと……。

「バーさん、おかわりっ」

「よく食《く》うねェ、このじじいは」

三田《みた》ちゃんは家《いえ》の茶《ちゃ》の間《ま》で、ガツガツ夕飯《ゆうはん》を食《た》べていたのであった。

手紙《てがみ》を出《だ》した翌日《よくじつ》は、何《なに》ごとも起《お》こらずに過《す》ぎつつあった。

まる子《こ》は、夜《よる》、友蔵《ともぞう》の部屋《へや》に行《い》った。

「おじいちゃん、手紙《てがみ》、もう届《とど》いたかなァ」

友蔵《ともぞう》がうなずいた。

「うん、市内《しない》だし、もう届《とど》いたじゃろ」

「明日《あした》、お金返《かねかえ》ってくるかなァ」

「うーむ、明日《あした》ってのも急《きゅう》だから、早《はや》くてもあさってごろじゃないのかな」

友蔵《ともぞう》が首《くび》をひねった。まる子《こ》の首《くび》も横《よこ》になった。

「あさって!? あさっては日曜日《にちようび》だよ。日曜日《にちようび》でも郵便屋《ゆうびんや》さん、現金書留《げんきんかきとめ》を持《も》ってきてくれるかな」

「現金書留《げんきんかきとめ》だからこそ、持《も》ってきてくれるじゃろう」

「それとも、三田《みた》さんが直接《ちょくせつ》うちに持《も》ってきたりしてね」

まる子《こ》がニコッと笑《わら》った。

「うむ、それも考《かんが》えられるのう」

「とにかく、待《ま》つしかないね」

「うむ、とにかく待《ま》つのじゃ」

ふたりは神妙《しんみょう》な顔《かお》をしてうなずき合《あ》った。


その翌日《よくじつ》の昼《ひる》のことである。

家《いえ》の前《まえ》に自転車《じてんしゃ》がキキッと止《と》まる音《おと》がしたかと思《おも》うと、ガラリと玄関《げんかん》の戸《と》が開《ひら》いた。

そして郵便屋《ゆうびんや》さんの声《こえ》がきこえた。

「さくらさーん、小包《こづつみ》でーす」

バタバタとおかあさんの足音《あしおと》がした。

「はいはいはい、どうも御苦労《ごくろう》さま、はい、ハンコです」

「どーもー」

「あら、おじいちゃんあてだわ」

おかあさんは小包《こづつみ》のあて先《さき》を見《み》ると、友蔵《ともぞう》の部屋《へや》に向《む》かって「おじいちゃーん」と叫《さけ》んだ。


小包《こづつみ》を受《う》け取《と》るなり、友蔵《ともぞう》は自分《じぶん》の胸《むね》がズキンと鳴《な》ったのがわかった。送《おく》り主《ぬし》は、三田《みた》ちゃんであった。もどかしくひもをほどき、包装紙《ほうそうし》を広《ひろ》げると、箱《はこ》の上《うえ》に白《しろ》い封筒《ふうとう》が載《の》っていた。さくら友蔵様《ともぞうさま》と書《か》いてある。

友蔵《ともぞう》は、その封筒《ふうとう》を手《て》にとり、急《いそ》いで便《びん》せんを開《ひら》いた。

「なになに…友蔵《ともぞう》ちゃん、一月《いちがつ》の同窓会《どうそうかい》のときには、大変《たいへん》お世話《せわ》になりました…あのとき、友蔵《ともぞう》ちゃんに一万円《いちまんえん》借《か》りて本当《ほんとう》に助《たす》かりました」

文面《ぶんめん》から三田《みた》ちゃんの声《こえ》がきこえるような気《き》がした。

「寒《さむ》い夜《よる》、おかげでタクシーに乗《の》れて無事《ぶじ》に家《いえ》に帰《かえ》れました。返《かえ》すのが遅《おく》れてすみません。言《い》い訳《わけ》がましいようですが、実《じつ》は息子夫婦《むすこふうふ》と一緒《いっしょ》に住《す》むことになり、二月中《にがつちゅう》は引《ひ》っこしなどでバタバタしていたのです。今《いま》は静岡市内《しずおかしない》に引《ひ》っこし、ようやく慣《な》れてきました。お金《かね》を返《かえ》すのが遅《おく》れたおわびに、気持《きも》ちばかりの菓子《かし》ですが、食《た》べてやってください。こんなに遅《おく》れたのに、文句《もんく》ひとつ言《い》わずに俺《おれ》を信《しん》じてくれている友蔵《ともぞう》ちゃんに感謝《かんしゃ》します。ありがとう。三田《みた》より」

友蔵《ともぞう》はその手紙《てがみ》からなかなか目《め》を上《あ》げることができなかった。手《て》がわなわなと震《ふる》えていた。三田《みた》ちゃんのひとことひとことが、友蔵《ともぞう》の胸《むね》に深《ふか》く深《ふか》く突《つ》き刺《さ》さった。

そして「文句《もんく》ひとつ言《い》わずに俺《おれ》を信《しん》じてくれている友蔵《ともぞう》ちゃんに感謝《かんしゃ》します」というくだりで、全身《ぜんしん》がいなずまに打《う》たれたほど、衝撃《しょうげき》を受《う》けていた。

「なっ、なんということじゃ。わしの出《だ》した手紙《てがみ》と入《い》れちがいにコレが届《とど》いてしまっているっ。もっ、もうおしまいじゃっ、三田《みた》ちゃんっすまんっ」

く〜〜っとうめきながら、友蔵《ともぞう》は目《め》をぐっと閉《と》じた。

おととい投函《とうかん》した手紙《てがみ》が悔《く》やまれてならなかった。

「言《い》い訳《わけ》ご無用《むよう》」「ちょっとルーズじゃないですか」「今《いま》すぐ現金書留《げんきんかきとめ》で、このさくら友蔵《ともぞう》まで一万円《いちまんえん》を送《おく》るべし」などなど。

わしも男《おとこ》じゃ、なんて調子《ちょうし》に乗《の》って、きついセリフを書《か》き連《つら》ねてしまったのである。

「ああ〜〜っ」

できることなら、手紙《てがみ》を出《だ》す前《まえ》に、時間《じかん》を巻《ま》き戻《もど》したい。なんであそこまで書《か》いてしまったのだろう。

「ただいまっ。おじいちゃん、何叫《なにさけ》んでるの？」

友蔵《ともぞう》はまる子《こ》の声《こえ》にハッとして顔《かお》を上《あ》げた。まる子《こ》はいつものようにニコニコ顔《がお》である。三田《みた》ちゃんのことを相談《そうだん》するのは、あの手紙《てがみ》の文面《ぶんめん》を一緒《いっしょ》に考《かんが》えたまる子《こ》しか考《かんが》えられなかった。友蔵《ともぞう》は、まる子《こ》にすがりつくようにして言《い》った。

「まる子《こ》っ、たいへんじゃ。三田《みた》さんから一万円《いちまんえん》が返《かえ》ってきたんじゃ」

「えっ、もう来《き》たの？　よかったじゃん。やっぱきびしく書《か》いて正解《せいかい》だったね」

「ちがうんじゃよォ。三田《みた》さんはまだわしの手紙《てがみ》を読《よ》んでないんじゃっ。入《い》れちがいになってしまったんじゃよ」

まる子《こ》は飛《と》び上《あ》がった。

「ええつ、入《い》れちがい!?　じゃあ三田《みた》さんも、おじいちゃんと同《おな》じ日《ひ》に出《だ》したってこと?」

友蔵《ともぞう》は首《くび》を振《ふ》った。

「いや、昨日《きのう》の消印《けしいん》になってるから昨日《きのう》じゃ。昨日《きのう》はまだ三田《みた》さんの所《ところ》に届《とど》いてなかったんじゃ」

まる子《こ》は全然《ぜんぜん》理解《りかい》できなかった。

「うちの手紙《てがみ》はおとつい出《だ》したのに次《つぎ》の日《ひ》に届《とど》かなくて、三田《みた》さんはなんで昨日《きのう》出《だ》して今日《きょう》届《とど》くの?」

もっともである。友蔵《ともぞう》は、三田《みた》ちゃんの手紙《てがみ》をトントンと指《ゆび》でたたいた。

「三田《みた》さん、引《ひ》っこしてたんじゃ。転送《てんそう》の手間《てま》がかかるから、昨日《きのう》はまだ届《とど》いてなかったんじゃや。だが、もう今日《きょう》こそは届《とど》いてしまっているよ。もうおしまいじゃ。わ〜〜〜ん」

まる子《こ》は手紙《てがみ》を読《よ》み、それから小包《こづつみ》のお菓子《かし》を見《み》た。まる子《こ》の肩《かた》が落《お》ちた。

「…三田《みた》さん、おわびのお菓子《かし》まで送《おく》ってくれたんだね…いい人《ひと》だね」

「わーーん、三田《みた》ちゃーん」

友蔵《ともぞう》の気持《きも》ちが痛《いた》いほどわかった。まる子《こ》は唇《くちびる》をひきしめると、立《た》ち上《あ》がった。そしてしっかりとした声《こえ》で言《い》った。

「おじいちゃん、まだ昼《ひる》だし、ひょっとしたら三田《みた》さんの家《いえ》に郵便配達《ゆうびんはいたつ》してないかもよ」

「そっ、そうかのう」

友蔵《ともぞう》がハッと顔《かお》を上《あ》げた。

「いちかばちか、郵便局《ゆうびんきょく》に電話《でんわ》してみたら?」

「よし、電話《でんわ》してみよう」

電話《でんわ》と電話帳《でんわちょう》を引《ひ》き寄《よ》せた。

「ええと、静岡《しずおか》の郵便局《ゆうびんきょく》は……」

友蔵《ともぞう》は受話器《じゅわき》をとり、電話帳《でんわちょう》を確《たし》かめながらゆっくりとダイヤルを回《まわ》した。

「あっあの、静岡《しずおか》の中田《なかだ》一丁目《いっちょうめ》の三田《みた》さんの家《いえ》に手紙《てがみ》を出《だ》した者《もの》ですが、事情《じじょう》があって取《と》り戻《もど》したいんですが、もうダメでしょうか」

こういう電話《でんわ》はあまり多《おお》くないのだろう。郵便局《ゆうびんきょく》の人《ひと》は、一瞬《いっしゅん》、言葉《ことば》につまったが、すぐに気《き》さくに答《こた》えてくれた。

「静岡《しずおか》の中田《なかだ》一丁目《いっちょうめ》の三田《みた》さん…うーむ、このあたりは、毎日《まいにち》昼過《ひるす》ぎの配達《はいたつ》なので、もうそろそろ配《くば》られるころじゃないでしょうか。今《いま》から取《と》り戻《もど》すのは郵便局側《ゆうびんきょくがわ》ではムリですね。直接《ちょくせつ》お宅《たく》へ行《い》って、まにあうかどうかというところでしょう」

「昼過《ひるす》ぎの配達《はいたつ》ですねっ。わかりましたっ」

ガシャンと受話器《じゅわき》を置《お》いた友蔵《ともぞう》の目《め》は、めずらしく強《つよ》い光《ひかり》を放《はな》っていた。

「まる子《こ》っ、ひょっとしてまにあうかもしれないっ、今《いま》から行《い》くぞっ三田《みた》ちゃんの家《いえ》につっ」

「うんっ、行《い》こうっ」

まる子《こ》は持《も》ったままだったカバンを投《な》げ捨《す》てた。かぶったままだった帽子《ぼうし》も脱《ぬ》ぎ捨《す》てた。

そしてふたり、どやどやと廊下《ろうか》を駆《か》け抜《ぬ》けた。

「あら、どこ行《い》くのっ」

「上着《うわぎ》きてかなきゃカゼひくよっ」

おかあさんとおばあちゃんが次々《つぎつぎ》に顔《かお》を出《だ》して声《こえ》をかけた。まる子《こ》は振《ふ》り返《かえ》りもしなかった。

「急《いそ》いでるんだっ」

「ちょっと三田《みた》さんちへ行《い》ってくる」

友蔵《ともぞう》はつっかけをはきながら、早口《はやくち》でこれだけ言《い》うと、あとも見《み》ずに玄関《げんかん》を飛《と》び出《だ》した。

残《のこ》されたおかあさんとおばあちゃんは顔《かお》を見合《みあ》わせた。

おばあちゃんが首《くび》をひねった。

「三田《みた》さんて、じいさんの同級生《どうきゅうせい》の？」

「さっき、荷物届《にもつとど》いてたけど」

「何《なに》かあったのかのう」

「…さあ、あの荷物《にもつ》がどうかしたのかしら…」

おかあさんが首《くび》をすくめた。


まる子《こ》と友蔵《ともぞう》は大通《おおどお》りまで走《はし》り抜《ぬ》けた。友蔵《ともぞう》は迷《まよ》わず、手《て》を上《あ》げ、一台《いちだい》のタクシーをとめ、大《おお》あわてでふたりで乗《の》りこんだ。

「静岡中田一丁目《しずおかなかだいっちょうめ》、この番地《ばんち》までよろしくっ」

友蔵《ともぞう》は運転手《うんてんしゅ》に三田《みた》ちゃんの封筒《ふうとう》をさっと渡《わた》した。運転手《うんてんしゅ》は一読《いちどく》すると、軽《かる》くうなずいた。

「はい、急《いそ》いでいるようですね」

「はい、すんごく急《いそ》いでます」

まる子《こ》は気《き》がせいて、前《まえ》の背《せ》もたれを思《おも》わずつかんでいた。友蔵《ともぞう》が続《つづ》けた。

「急《いそ》いでいるけど安全運転《あんぜんうんてん》でお願《ねが》いします」

「はいっ、安全運転《あんぜんうんてん》で急《いそ》ぎましょう」

運転手《うんてんしゅ》はアクセルを踏《ふ》み、車《くるま》が走《はし》り出《だ》した。

友蔵《ともぞう》は両手《りょうて》を堅《かた》く握《にぎ》りしめた。

(たのむ、まにあってくれっ、まにあってくれェエ)

そう祈《いの》らずにはいられなかった。

赤信号《あかしんごう》で車《くるま》が止《と》まったときである。まる子《こ》は目《め》の前《まえ》にお菓子屋《かしや》を見《み》つけた。

「おじいちゃん、せっかく三田《みた》さんちに行《い》くんだから、手紙取《てがみと》り戻《もど》したあと、あいさつしてこうよ。お菓子《かし》買《か》ったらどう？　今赤信号《いまあかしんごう》だし」

「おお、そうじゃのう、まる子《こ》、三千円《さんぜんえん》のやつ、何《なん》でもいいから買《か》ってこい」

「はいよっ」

まる子《こ》は友蔵《ともぞう》から受《う》け取《と》った三千円《さんぜんえん》を握《にぎ》りしめ、タクシーから降《お》りるとお菓子屋《かしや》まで走《はし》った。お菓子屋《かしや》に入《はい》ったと思《おも》ったとたん、紙袋《かみぶくろ》をたずさえて戻《もど》ってきて、タクシーに飛《と》び乗《の》った。

「グッドタイミング、信号青《しんごうあお》になったよ」

はぁはぁと息《いき》のあがったまる子《こ》に運転手《うんてんしゅ》が声《こえ》をかけ、再《ふたた》びタクシーは動《うご》き出《だ》した。

まる子《こ》はうっすら汗《あせ》がにじんだ額《ひたい》を手《て》でぬぐった。

「フーーッ、三千円《さんぜんえん》ですぐ買《か》えるのくださいって言《い》ってよかったよ」

「まる子《こ》、でかしたぞ。機転《きてん》がきくのう」

ほめられてまる子《こ》はいい気分《きぶん》である。ちょっと照《て》れてみせたが、デレッとした顔《かお》は隠《かく》しようがなかった。

そのときである。車《くるま》のスピードががくんと落《お》ちた。

「…ちょっと道《みち》が混《こ》んできましたねェ。まずいなァ」

運転手《うんてんしゅ》がひとりごちた。車《くるま》は止《と》まりこそしないものの、この先《さき》で道路工事《どうろこうじ》でもしているのだろうか。歩《ある》いている人《ひと》に抜《ぬ》かされる始末《しまつ》である。

「うっ運転手《うんてんしゅ》さん、裏道《うらみち》は知《し》らないかねっ、裏道《うらみち》っ」

友蔵《ともぞう》の声《こえ》がひきつっていた。

「うーん、よしっ、ちょっと狭《せま》い道《みち》だけど、行《い》きましょうっ」

運転手《うんてんしゅ》はそうつぶやくと、次《つぎ》のわき道《みち》を左《ひだり》に曲《ま》がった。歩行者《ほこうしゃ》にわきによけてもらわなければ、車《くるま》が通《とお》り過《す》ぎることもできないような細《ほそ》い道《みち》だ。

人《ひと》を見《み》つけるたびに、小《ちい》さくクラクションを鳴《な》らした。

「あ、安全運転《あんぜんうんてん》でお願《ねが》いしますよォ」

「はいっ」

友蔵《ともぞう》が安全運転《あんぜんうんてん》と言《い》った訳《わけ》は、その細《ほそ》い道《みち》をタクシーは猛《もう》スピードで走《はし》っていたからである。運転手《うんてんしゅ》はスピードをゆるめるどころか、アクセルを踏《ふ》み続《つづ》けていた。窓《まど》から三十《さんじゅっ》センチも離《はな》れていない電信柱《でんしんばしら》や家《いえ》の塀《へい》が飛《と》ぶように過《す》ぎ去《さ》っていく。

「ヒエ〜〜〜〜」

やがて、タクシーはキキーッと音《おと》をたてて止《と》まった。

「この辺《へん》ですよ」

まる子《こ》は窓越《まどご》しにあたりの表札《ひょうさつ》を見《み》まわした。

あった。三田《みた》と書《か》いた表札《ひょうさつ》がすぐそこに見《み》えた。

「あっ、あれだっ」

「よしっ、おりよう」

「四千五百六十円《よんせんごひゃくろくじゅうえん》です」

友蔵《ともぞう》はがま口《ぐち》を取《と》り出《だ》した。

「はい、じゃあ五千円《ごせんえん》でおつりを……」

もたもたとそんなことをやっていたとき、真《ま》っ赤《か》な自転車《じてんしゃ》がこっちに来《く》るのが見《み》えた。まる子《こ》が叫《さけ》んだ。

「あっ、来《き》たァ〜〜〜っ」

郵便屋《ゆうびんや》さんだった。郵便屋《ゆうびんや》さんはすーっと三田《みた》さんの家《いえ》の前《まえ》まで走《はし》ってくる。

「あっ、まってくれェ、おつり、もういいからっ」

「えっ」

「どうもお世話《せわ》になりました」

目《め》をぱちくりさせた運転手《うんてんしゅ》を残《のこ》し、友蔵《ともぞう》はあわててタクシーから飛《と》び降《お》りた。

まる子《こ》と友蔵《ともぞう》は郵便屋《ゆうびんや》さんに駆《か》け寄《よ》った。

「郵便屋《ゆうびんや》さんっ、こっ、この三田《みた》さんへ配達《はいたつ》ですかっ」

あせりすぎて、友蔵《ともぞう》の言葉《ことば》がプツンプツン途切《とぎ》れていた。郵便屋《ゆうびんや》さんはそんな友蔵《ともぞう》をいぶかしげに見《み》つめた。

「はいそうですよ」

「ちょ、ちょっと見《み》せてください」

「ダメですよ、プライバシーの侵害《しんがい》です」

友蔵《ともぞう》が伸《の》ばした手《て》から郵便物《ゆうびんぶつ》をかばうようにして、郵便屋《ゆうびんや》さんは言《い》った。

その郵便屋《ゆうびんや》さんを友蔵《ともぞう》はじっと見《み》つめた。目《め》が悲《かな》しそうにしばしばまたたいた。

「わしの出《だ》した手紙《てがみ》があるはずなんじゃ…」

「なんていうお名前《なまえ》ですか」

「さくら友蔵《ともぞう》」

郵便物《ゆうびんぶつ》をひとつひとつ確《たし》かめ、郵便屋《ゆうびんや》さんは一通《いっつう》の封筒《ふうとう》をいちばん上《うえ》に置《お》いた。

「…ああ、コレですね」

「それですっそれっ、返《かえ》してください」

友蔵《ともぞう》は全身《ぜんしん》で叫《さけ》んだ。

郵便屋《ゆうびんや》さんは唇《くちびる》を一文字《いちもんじ》にすると、首《くび》をひねってため息《いき》をついた。

「…うーむ、困《こま》ったなァ。本人《ほんにん》だっていう証拠《しょうこ》がないと…身分証明書《みぶんしょうめいしょ》になる物《もの》を何《なに》か持《も》ってますか」

「えっ、わしがわしだと証明《しょうめい》する物《もの》ですか？」

「…はい」

「何《なに》か、免許証《めんきょしょう》とか保険証《ほけんしょう》とか、そういう物《もの》ですか？」

「そうです。これも郵便法《ゆうびんほう》という法律《ほうりつ》がありまして、そういう物《もの》がないとお渡《わた》しできないんですよ…」

友蔵《ともぞう》の体《からだ》がゆれた。そのまま、一歩二歩《いっぽにほ》と後《あと》ずさった。友蔵《ともぞう》は混乱《こんらん》していた。

(…ガーーン、わしはっわしは一体《いったい》だれなんじゃ。今証明《いましょうめい》できる物《もの》は何《なに》も持《も》ってないぞ。今《いま》、わしはだれだかわからんのか？　わしはだれなんじゃ〜〜)

まる子《こ》はそんな友蔵《ともぞう》の手《て》をとった。

「おじいちゃん、何《なに》か持《も》ってないの？」

「…うん」

うなだれた友蔵《ともぞう》を、郵便屋《ゆうびんや》さんも気《き》の毒《どく》そうに見《み》た。

「…困《こま》りましたねぇ」

そのときだった。まる子《こ》が友蔵《ともぞう》の前《まえ》に飛《と》び出《だ》して、郵便屋《ゆうびんや》さんに訴《うった》えた。

「郵便屋《ゆうびんや》さんっ、お願《ねが》いしますっ。わたしはこの、さくら友蔵《ともぞう》の孫《まご》、さくらももこです。みんなからはまる子《こ》って呼《よ》ばれてますが、本当《ほんとう》はこの友蔵《ともぞう》の孫《まご》、さくらももこです。わたしがこのさくら友蔵《ともぞう》の孫《まご》っていうことで、この人《ひと》がさくら友蔵《ともぞう》という証拠《しょうこ》にはなりませんか？　お願《ねが》いですっ、その手紙《てがみ》、返《かえ》してくださいっ」

まる子《こ》は必死《ひっし》だった。友蔵《ともぞう》と親友《しんゆう》の三田《みた》ちゃんがその手紙《てがみ》のせいで仲《なか》たがいするかもしれないのだ。

気《き》がつくと、まる子《こ》はひざと手《て》をつき、郵便屋《ゆうびんや》さんに向《む》かって土下座《どげざ》していた。通《とお》りかかった人《ひと》たちが、目《め》を丸《まる》くしているのも気《き》にならなかった。

「ちょ、ちょっと困《こま》るよ、そんなことしちゃあ」

あわてたのは郵便屋《ゆうびんや》さんの方《ほう》だ。

「お願《ねが》あいっ」

友蔵《ともぞう》もそう叫《さけ》んでまる子《こ》に並《なら》んだ。ふたり、必死《ひっし》で頭《あたま》をじべたにつけた。

郵便屋《ゆうびんや》さんのあせりは最高潮《さいこうちょう》に達《たっ》していた。

「まぁっ、何《なに》かしらね」

「かわいそうに、郵便屋《ゆうびんや》さんったら、あんな小《ちい》さい子《こ》どもとお年寄《としよ》りに一体何《いったいなに》をあやまらせているのかしら…」

三田
〒

行《い》き過《す》ぎる人《ひと》には、郵便屋《ゆうびんや》さんがふたりをいじめているようにしか見《み》えない。

郵便屋《ゆうびんや》さんはふたりに駆《か》け寄《よ》ると、ひっぱり上《あ》げて立《た》たせようとした。

「ちょっと、お願《ねが》い、たのむからやめてくださいよっ、すんげー困《こま》っちゃうな、ホラ、ちょっと立《た》ってよ、立《た》って」

三田《みた》さんの家《いえ》のドアが開《ひら》き、三田《みた》さんが出《で》てきたのはそのときだ。

「とっ友蔵《ともぞう》ちゃん」

「三田《みた》ちゃん」

ふたりの目《め》ががっしりと合《あ》った。まる子《こ》はすかさず郵便屋《ゆうびんや》さんに耳打《みみう》ちした。

「郵便屋《ゆうびんや》さん、ね、うちのおじいちゃん、友蔵《ともぞう》ちゃんでしょ？」

「うん、そうだね、はい、これ」

まる子《こ》は、郵便屋《ゆうびんや》さんから受《う》け取《と》った封書《ふうしょ》を胸《むね》に抱《だ》いた。

（よかったァ…これでおじいちゃんの友情《ゆうじょう》がこわれずに済《す》んだよ。ああ、神様《かみさま》、タクシーの運転手《うんてんしゅ》さん、郵便屋《ゆうびんや》さん、ありがとう…）

郵便屋《ゆうびんや》さんの姿《すがた》が見《み》えなくなったとき、三田《みた》ちゃんが友蔵《ともぞう》にたずねた。

「友蔵《ともぞう》ちゃん、なんでまたこんな所《ところ》まで来《き》たんじゃ？」

「ああ、ちょっと孫《まご》をつれてフラッと散歩《さんぽ》じゃ」

こんな遠《とお》くまでフラッと散歩《さんぽ》なもんか。

だが、さすがは友蔵《ともぞう》の友達《ともだち》。三田《みた》ちゃんはなんのつっこみも入《い》れずに、手《て》を頭《あたま》の後《うし》ろにやった。

「いやァ、この前《まえ》は本当《ほんとう》に助《たす》かったよ。荷物《にもつ》は届《とど》いたかねぇ？」

「さっき届《とど》いたよ、お菓子《かし》まですまなかったのう」

「いやァ、ほんの気持《きも》ちです」

三田《みた》ちゃんはニコッと笑《わら》った。まる子《こ》は、友蔵《ともぞう》にお菓子《かし》を手渡《てわた》した。

「おじいちゃん、三田《みた》さんに、ごあいさつの、コレ」

「おお、そうじゃった。三田《みた》ちゃん。ここまで来《き》たついでに、引《ひ》っこし祝《いわ》いというのもアレじゃが、ほんのごあいさつのおみやげです」

「おお、そんな、申《もう》し訳《わけ》ない…」

このとき、友蔵《ともぞう》もまる子《こ》も、三田《みた》ちゃんがギョッとしたことに気《き》がつかなかった。

(こっこの包《つつ》み紙《がみ》はっ)

三田《みた》ちゃんは心《こころ》の中《なか》でうなっていた。

このお菓子《かし》は、三田《みた》ちゃんがさくら家《け》に送《おく》ったものとまったく同《おな》じ物《もの》であった。

そのことを、友蔵《ともぞう》とまる子《こ》はまだ全然《ぜんぜん》気《き》づいていないが、家《いえ》に帰《かえ》って大後悔《だいこうかい》するのである。

#「まる子《こ》の長電話《ながでんわ》にみんな迷惑《めいわく》する」の巻《まき》

「おかあさん、何《なに》かおやつない？」

台所《だいどころ》にぶらりと入《はい》ってきたまる子《こ》が言《い》った。

「さっき食《た》べたでしょ」

夕飯《ゆうはん》の準備《じゅんび》に忙《いそが》しいおかあさんは振《ふ》り返《かえ》りもしない。

「だからさっき食《た》べたからもうないんだよ。もっとちょうだい」

「だめ。もうすぐ夕《ゆう》ご飯《はん》なんだからがまんしなさい」

「ちぇっちぇっちぇっ」

夕方《ゆうがた》のぽっかりと空《あ》いた時間《じかん》。

遊《あそ》びに行《い》くには遅《おそ》すぎる。夕飯《ゆうはん》まではもうちょっと。

「あーあ、たいくつだなァ。たまちゃんに電話《でんわ》でもしてみようかなァ」

まる子《こ》は廊下《ろうか》の隅《すみ》においてある黒電話《くろでんわ》に駆《か》け寄《よ》ると、受話器《じゅわき》を持《も》ち上《あ》げ、ダイヤルを回《まわ》した。

「あっ、もしもしたまちゃん？」

「あっ、まるちゃん？」

帰《かえ》り道《みち》に別《わか》れたばかりなのに、たまちゃんの声《こえ》がきこえたとたん、まる子《こ》の胸《むね》がはずんだ。

「今《いま》何《なに》してるの？　え、るすばん？　じゃあちょうどよかった。わたしも夕飯《ゆうはん》までたいくつしてたんだ。たいくつしのぎに話《はな》でもしようよ」

「そうだね」

あ・うんの呼吸《こきゅう》である。

「ねぇねぇ知《し》ってる？　山根《やまね》がねぇ、チョコボールの金《きん》のエンゼルが出《で》たんだって」

「ホント⁉　じゃあオモチャの缶詰《かんづめ》もらえるねっ」

「そうそう。金《きん》のエンゼルが出《で》るなんて珍《めずら》しいよね。山根《やまね》、ツイてないツイてないって言《い》うけど、案外《あんがい》ツイてるじゃんねぇ」

ちなみに、金《きん》のエンゼルとは、チョコボールのふたに付《つ》いた当《あ》たりのマークのこと。

「金《きん》のエンゼル」一枚《いちまい》か「銀《ぎん》のエンゼル」を五枚《ごまい》集《あつ》めると「オモチャのカンヅメ」が

もらえる。

たまに「銀《ぎん》のエンゼル」を当《あ》てる人《ひと》もいるけれど、「金《きん》のエンゼル」は「幻《まぼろし》の金《きん》」とも呼《よ》ばれているほど数《かず》が少《すく》なくて、まる子《こ》たちのまわりではこれまでに当《あ》たった人《ひと》はひとりとしていなかった。

「金《きん》のエンゼル」というだけで、クラッとするほど憧《あこが》れの当《あ》たりくじ。あの山根《やまね》があてるなんて、驚《おどろ》きである。

このとき、祈《いの》るような目《め》で、まる子《こ》をじぃーっと見《み》ている人《ひと》がいた。友蔵《ともぞう》である。

友蔵《ともぞう》は、先《さき》ほどから電話《でんわ》をしているまる子《こ》をちらっと見《み》ては部屋《へや》に戻《もど》り、また出《で》てきては部屋《へや》に戻《もど》りをくり返《かえ》していたが、数分前《すうふんまえ》からは柱《はしら》のかげからまる子《こ》の姿《すがた》をずっと目《め》で追《お》っていた。

(…ううむ、今日《きょう》は荒木《あらき》さんから町内会《ちょうないかい》の打《う》ち合《あ》わせの電話《でんわ》が六時頃《ろくじごろ》かかってくる予《よ》定《てい》なのじゃが…、まる子《こ》よ、早《はや》く電話《でんわ》を切《き》ってくれ)

時間《じかん》はすでに六時十分《ろくじじゅっぷん》。荒木《あらき》さんは何度《なんど》か電話《でんわ》してきているにちがいない。

（…ううむ、まだか）

じりじりしながら、友蔵《ともぞう》はまた、まる子《こ》の後姿《うしろすがた》を見《み》つめた。

しかし、まる子《こ》は電話《でんわ》に夢中《むちゅう》である。

「あのさ、今日《きょう》はまじにきいたんだけど、今度《こんど》の水曜日《すいようび》、ユリ・ゲラーの特番《とくばん》やるんだって」

友蔵《ともぞう》の耳《みみ》がピクンと動《うご》いた。

（えっ、ホント、ユリ・ゲラーの!?　……おっと、今《いま》はユリ・ゲラーより荒木《あらき》さんじゃ。まる子《こ》、はやく電話《でんわ》を切《き》ってくれぇ）

たまりかねた友蔵《ともぞう》は、ついにまる子《こ》の肩《かた》をポンポンとたたき、電話《でんわ》を切《き》ってくれと、ジェスチャーで頼《たの》んだ。

まる子《こ》はそれをちらっと見《み》ると、つっと視線《しせん》をはずした。

（わぁぁ、ダメじゃ。わしの心《こころ》がぜんぜん通《つう》じとらん。荒木《あらき》さんよ、すまん……）

友蔵《ともぞう》は唇《くちびる》を引《ひ》き結《むす》ぶと、天《てん》をあおいだ。

その日《ひ》の夕食《ゆうしょく》の時間《じかん》。

おかあさんの小言《こごと》が始《はじ》まった。

「まる子《こ》、ダメじゃないの。あんた四十分《よんじゅっぷん》もたまちゃんと電話《でんわ》してたでしょ。おじいちゃんが大事《だいじ》な電話《でんわ》をまっていたのよ」

「おかあさん、もういいんじゃよ」

とりなそうとした友蔵《ともぞう》に続《つづ》いて、まる子《こ》が他人事《ひとごと》のように言《い》った。

「おかあさん、おじいちゃんがもういいって言《い》ってるんだからもういいじゃん」

おかあさんの息《いき》を吸《す》いこむ音《おと》がきこえた次《つぎ》の瞬間《しゅんかん》、雷《かみなり》が落《お》ちた。

「何《なに》言《い》ってんのっ。用《よう》もないのにムダ話《ばなし》で長電話《ながでんわ》するんじゃないのっ」

「そうだぞ。電話《でんわ》は用《よう》があるときに使《つか》うもんだ」

「そうじゃよ。急《きゅう》な用事《ようじ》がある人《ひと》が困《こま》るじゃろ」

ヒロシも、おばあちゃんも口《くち》をそろえた。

「わたしだってヒマつぶしっていう用事《ようじ》があったんだもん」

「ばかっ。ヒマつぶしなんて他《ほか》に何《なん》でもできるだろ。やたらと電話《でんわ》を使《つか》うな」

ヒロシがどなった。

「だってたまちゃんだってヒマだったんだから、わたしが電話《でんわ》してあげてちょうどよかったんだよ。わたしゃたまちゃんを救《すく》った天使《てんし》ってとこかな」

「くだらない天使《てんし》だね」

お姉《ねえ》ちゃんがぐさりと言《い》った。

「失礼《しつれい》だね」

「失礼《しつれい》じゃないよ。まったくバカだよまる子《こ》は」

おかあさんがあきれたように言《い》った。

「ふーんだ」

四面楚歌《しめんそか》である。まる子《こ》は最後《さいご》のご飯《はん》をのみこむと、ほおをぷっとふくらませ、立《た》ち上《あ》がった。

登校《とうこう》するなり、たまちゃんが駆《か》け寄《よ》ってきた。

「まるちゃん、昨日《きのう》長電話《ながでんわ》しちゃってゴメンネ。怒《おこ》られなかった？」

「いいんだよ。おじいちゃんが待《ま》ってた電話《でんわ》があったらしいけど、別《べつ》にたいしたことないよ」

「えっ、おじいちゃんが待《ま》ってた電話《でんわ》があったの⁉」

「うん、そうらしいけど気《き》にしなくていいよ」

「……悪《わる》いことしちゃったな。おじいちゃんに謝《あやま》っておいてね」

たまちゃんは首《くび》をすくませた。まる子《こ》は手《て》を横《よこ》に振《ふ》った。

「いいんだってば。気《き》にしないでって。わたし、たまちゃんとしゃべるの大好《だいす》きだもん。一時間《いちじかん》でも二時間《にじかん》でもしゃべっていたいもん」

「…わたしもまるちゃんとしゃべるの大好《だいす》きだけど、長電話《ながでんわ》はやっぱり家《いえ》の人《ひと》に迷惑《めいわく》かもね…」

「そんなことないって」

まる子《こ》がたまちゃんの肩《かた》をポンと軽《かる》くたたいたそのとき、後《うし》ろから丸尾君《まるおくん》がにゅっと姿《すがた》を現《あらわ》した。

「いいえ、さくらさん、長電話《ながでんわ》は大迷惑《だいめいわく》ですよっ」

「なにさアンタ急《きゅう》に」

「この丸尾《まるお》、かあさまの長電話《ながでんわ》に大変《たいへん》メーワクしたという、実《じつ》にいまわしい思《おも》い出《で》があるのですっ」

鼻《はな》がつきそうになるくらい、顔《かお》をくっつけてきた。ぎょっとして、まる子《こ》が顔《かお》をひっこめる。だが、また丸尾君《まるおくん》の顔《かお》が近《ちか》づいてくる。

「あんたのいまわしい思《おも》い出《で》なんてききたくないね」

「いいや、ききたくなくてもきいていただきましょう」

「えっ」

「それがこの丸尾《まるお》に出《で》くわした宿命《しゅくめい》でしょう!!」

「…やな宿命《しゅくめい》だね」

「災難《さいなん》にあったようなもんだね」

まる子《こ》とたまちゃんが顔《かお》を見合《みあ》わせた。

「あれは今《いま》から一年半《いちねんはん》ばかり前《まえ》のある晩《ばん》のことでございました……」

その晩《ばん》、丸尾君《まるおくん》は机《つくえ》に向《む》かいラジオ番組《ばんぐみ》をきいていたという。時刻《じこく》はちょうど八時《はちじ》ごろ。ラジオからまちにまった声《こえ》が流《なが》れてきた。

『〝よい子《こ》のラジオ〟を聞《き》いているみなさん、いよいよおまちかねのプレゼントコーナーの時間《じかん》です。

今《いま》から名前《なまえ》を読《よ》まれた人《ひと》の家《いえ》にルリ子《こ》お姉《ねえ》さんが電話《でんわ》をかけます。名前《なまえ》を読《よ》まれた人《ひと》は電話《でんわ》に出《で》て、合《あ》い言葉《ことば》を言《い》ってください。合《あ》い言葉《ことば》は〝もしもしカメよ、カメさんよ〟です。いいですか』

丸尾君《まるおくん》は、すぐさま、〝もしもしカメよ、カメさんよ〟とメモした。

『今日《きょう》のプレゼントは、なんと天体望遠鏡《てんたいぼうえんきょう》です』
ドクン、と、丸尾君《まるおくん》の胸《むね》がなった。
『て、天体望遠鏡《てんたいぼうえんきょう》!! ズバリほしいでしょ〜っ』
『さあ、名前《なまえ》が読《よ》まれるのは誰《だれ》かな？ あなたかな？ キミかな？』
ドキドキ。自分《じぶん》の心臓《しんぞう》の音《おと》がきこえるような気《き》がした。
『では発表《はっぴょう》しまーす』
丸尾君《まるおくん》は全身《ぜんしん》を耳《みみ》にした。
『清水市《しみずし》の——』
息《いき》を止《と》めた。
『丸尾《まるお》スエオ君《くん》っ』
『うお〜〜〜っ』
お腹《なか》の奥底《おくそこ》から地鳴《じな》りのような声《こえ》が出《で》た。
やった。やりました。

ズバリ、ウソみたいなホントでしょう。

天体望遠鏡《てんたいぼうえんきょう》がもらえる。

ルリ子《こ》お姉《ねえ》さんと話《はなし》ができる。

何《なん》たる幸運《こううん》でありましょうか。

『丸尾君《まるおくん》、今《いま》からキミの家《いえ》に電話《でんわ》しますよ。いいですね』

丸尾君《まるおくん》はいすから立《た》ち上《あ》がると、ラジオに向《む》かって仁王立《におうだ》ちになり、指《ゆび》でOK《オッケー》マークをつくり、ぐいっと前《まえ》に突《つ》き出《だ》した。

『ズバリ、OK《オッケー》でしょ〜〜っ』

『合《あ》い言葉《ことば》を忘《わす》れずにね』

『ズバリ、メモしてあるでしょ〜っ』

メモをうやうやしく持《も》ち上《あ》げ、目《め》をキラキラ輝《かがや》かせながらうなずいた。

『では、今《いま》からダイヤルします。丸尾君《まるおくん》、電話《でんわ》のところまでレッツゴー』

『うお〜〜っ』

丸尾君《まるおくん》は叫《さけ》びながら、電話《でんわ》まで全速力《ぜんそくりょく》でダッシュした。

しかし、電話《でんわ》を目前《もくぜん》にして凍《こお》りついた。

丸尾君《まるおくん》のおかあさんが受話器《じゅわき》を握《にぎ》り、笑《わら》っていたのだ。

『ホホホ、ワタクシなんて五《ご》キロも太《ふと》ったんざますのよ』

今《いま》、ルリ子《こ》お姉《ねえ》さんが電話《でんわ》をかけてくるのに。

天体望遠鏡《てんたいぼうえんきょう》がまっているのに。

『…か…か…かあさまが電話《でんわ》を…』

丸尾君《まるおくん》の顔《かお》から血《ち》の気《け》がひいた。

体《からだ》がプルプル震《ふる》え出《だ》した。

電話《でんわ》は終《お》わらない。

『あらやだでございますわ。そんな、五歳《ごさい》も若《わか》く見《み》えるなんて、おせじはおやめくださいまし、ホホホ』

丸尾君《まるおくん》は天体望遠鏡《てんたいぼうえんきょう》が宇宙《うちゅう》のかなたに消《き》えさったことをさとった。

『…か…か…か…』

『ホホホ』

『かあさま〜〜〜っ』

丸尾君《まるおくん》の体《からだ》が崩《くず》れ落《お》ちた。

時同《ときおな》じくして、ラジオから声《こえ》が流《なが》れた。

『おおっと残念《ざんねん》、清水市《しみずし》の丸尾君《まるおくん》のおうちはお話《はな》し中《ちゅう》だね。じゃ、天体望遠鏡《てんたいぼうえんきょう》は違《ちが》う人《ひと》にまたチャンスだ。さあ、次《つぎ》のチャンスの人《ひと》は…』

情感《じょうかん》たっぷりに、話《はな》し終《お》えた丸尾君《まるおくん》は、すっかり自分《じぶん》の世界《せかい》にはまりこんでいた。

「…というわけで、私《ワタクシ》はなんと、天体望遠鏡《てんたいぼうえんきょう》をもらうチャンスを逃《のが》してしまったのです。あああ、今《いま》こうして思《おも》い出《だ》すだけでもくやし涙《なみだ》があふれるばかり。おお〜〜ん」

どーっと涙《なみだ》をあふれさせている。

「…ふーん。そりゃ、さぞかし残念《ざんねん》だったろーねぇ」

「残念《ざんねん》なんてもんじゃありませんよ。あなた、天体望遠鏡《てんたいぼうえんきょう》ですよ。ようく考《かんが》えてください。天体望遠鏡《てんたいぼうえんきょう》などという、大変高価《たいへんこうか》な素晴《すば》らしいものが、この丸尾《まるお》スエオにタダで手《て》に入《はい》るというチャンスが一度《いちど》はおとずれたのです。それをたかだかあさまのくだらない長電話《ながでんわ》で失《うしな》ってしまったのですよ。どうですっ」

「どうですって言《い》ったって、ねぇ」

「…うん、どうしようもないよね」

「私《ワタクシ》の嘆《なげ》きがどんなに深《ふか》いものかおわかりですかっ」

しつこく迫《せま》ってくる丸尾君《まるおくん》に、まる子《こ》はちょっとうんざりである。

「あんたねぇ、さっきからクヨクヨクヨクヨクヨ景気悪《けいきわる》い話続《はなしつづ》けてるけど、それきかされてもわたしらどうしてやることもできないよ」

「そうだよ。丸尾君《まるおくん》に天体望遠鏡《てんたいぼうえんきょう》を買《か》ってあげられるわけでもないし」

まる子《こ》とたまちゃんが顔《かお》を見合《みあ》わせてうなずいた。

丸尾君《まるおくん》は信《しん》じられないものを見《み》るような目《め》でふたりを見《み》た。

「おお、なんときかせがいのない人《ひと》たちでしょう。私《ワタクシ》と共《とも》に私《ワタクシ》の嘆《なげ》きを分《わ》かち合《あ》ってくれれば、私《ワタクシ》も少《すこ》しはなぐさめられるというものを」

まる子《こ》が肩《かた》をすくめた。

「…やだねぇ。丸尾《まるお》君《くん》と一緒《いっしょ》に嘆《なげ》きを分《わ》かち合《あ》うなんてまっぴらだよ」

「うん。喜《よろこ》びなら分《わ》かち合《あ》いたいけどね…」

「なんという冷《つめ》たいクラスメイトでしょう。私《ワタクシ》が天体望遠鏡《てんたいぼうえんきょう》を逃《のが》した苦《くる》しみを分《わ》かち合《あ》えないなんて」

そこにさっそうと現《あらわ》れたのは、花輪《はなわ》クンだった。

「ヘーイ、丸尾《まるお》君《くん》、彼女《かのじょ》たちにキミの苦悩《くのう》を話《はな》したところでムダだってことくらいわからなければ学級委員《がっきゅういいん》はつとまらないんじゃないかな」

「なっ、なんですと。じゃあ、あなたに話《はな》せばムダじゃないと言《い》うのですかっ」

「フッ、キミの夢《ゆめ》くらい、ボクの手《て》のひらの上《うえ》でさらりと叶《かな》ってしまうかもね」

さっと髪《かみ》をかき上《あ》げて、花輪《はなわ》クンはふっとほほ笑《え》んだ。

「なっ、なんですと。では試《ため》しに話《はな》してみましょう。実《じつ》は一年半前《いちねんはんまえ》のある晩《ばん》…」

また一《いち》から話《はな》そうとした丸尾君《まるおくん》を、花輪《はなわ》クンは手《て》で制《せい》した。

「おっと、もうその話《はなし》はさっききいたからいいよ」

まる子《こ》が目《め》をしばたたかせた。

「えっ、いつのまにきいたの？」

「丸尾君《まるおくん》の声《こえ》はききたくなくてもきこえてしまう大《おお》きさなのさ」

「ああ、そうか」

まる子《こ》は大《おお》きくうなずいた。

「でっでは、私《ワタクシ》の話《はなし》をご存知《ぞんじ》ならば、一体《いったい》どうしてくださるというのですか？」

「フッ、ボクの家《いえ》の物置小屋《ものおきごや》から、天体望遠鏡《てんたいぼうえんきょう》を持《も》ってゆきたまえ。新品《しんぴん》なのが五《ご》〜六個《ろっこ》あるから、好《す》きなのを選《えら》んでゆくといいよ」

「ええ〜〜〜〜〜〜〜〜っ」

丸尾君《まるおくん》がのけぞった。

たまちゃんがまる子《こ》の耳元《みみもと》でささやいた。

「…すごいね、花輪《はなわ》クンちって」

「…うん」

「ズバリ〜〜〜ッ。いまわしい長電話《ながでんわ》の思《おも》い出《で》を話《はな》したかいがあったでしょう!!」

まる子《こ》の口《くち》がへの字《じ》になった。

「こっちはきかされたかいがぜんぜんなかったね」

「うん」

丸尾君《まるおくん》は、まる子《こ》とたまちゃんのことなど、もう完全無視《かんぜんむし》だ。

「これからは何《なん》でも花輪《はなわ》クンにお話《はな》しすることにいたしましょう」

「…べっべつに何《なん》でも話《はな》してくれなくてもいいよ」

「いいえ、遠慮《えんりょ》なさらずに、どしどし私《ワタクシ》の話《はなし》をきいてくださいませ」

「いっいや、そんなききたくないんだ」

丸尾君《まるおくん》がじりじりと近《ちか》づき、いつしかあの花輪《はなわ》クンが教室《きょうしつ》の隅《すみ》まで追《お》いつめられていた。

その様子《ようす》を見《み》た永沢君《ながさわくん》が藤木《ふじき》に言《い》った。

「…花輪《はなわ》クン、疫病神《やくびょうがみ》に取《と》りつかれたね…」

「…うん。面白半分《おもしろはんぶん》にちょっかい出《だ》したから悪《わる》いのさ」

それだけ言《い》うと、ふたりは肩《かた》をそびやかせて、立《た》ち去《さ》った。


その夜《よる》、茶《ちゃ》の間《ま》でまる子《こ》がごろごろしながらマンガを読《よ》んでいると、お茶《ちゃ》を飲《の》んでいたおばあちゃんが友蔵《ともぞう》につぶやいた。

「おじいさん、荒木《あらき》さんから連絡《れんらく》ありましたか」

「ああ、また明日《あした》詳《くわ》しいことは連絡《れんらく》するって言《い》っとった」

「そうですか」

そこに、ヒロシが顔《かお》を出《だ》した。

「おいまる子《こ》、電話《でんわ》だぞ」

まる子《こ》はマンガから顔《かお》を上《あ》げて、ヒロシにたずねた。

「だれ?」

「山田《やまだ》とかって言《い》ってたぞ」

「あっ、カヨちゃんか」

まる子《こ》が立《た》ち上《あ》がった。

「ちがう、男《おとこ》だ」

「ああ、なんだ山田《やまだ》か」

「だから山田《やまだ》って言《い》ったじゃねぇか」

まる子《こ》は廊下《ろうか》を走《はし》って電話《でんわ》に向《む》かい、受話器《じゅわき》を耳《みみ》にあてた。

「もしもし」

「もしもしーっ、さくらァ?　オレオレ、山田《やまだ》だよ」

今《いま》にもバカ笑《わら》いしそうな山田《やまだ》の声《こえ》が、耳元《みみもと》でさくれつした。

「わかってるよ。何《なん》の用《よう》?」

「あのさー、おまえさー、たしか、スズムシ飼《か》ってたよねー？」

「うん飼《か》ってるよ」

「それ、いっぱいいるのか？」

「うん、い〜〜っぱいいるよ」

そうなのだ。昨年《さくねん》、飼《か》っていたスズムシが卵《たまご》を産《う》み、それをまる子《こ》は見事《みごと》に繁殖《はんしょく》させたのである。卵《たまご》が埋《う》まっている土《つち》がカラカラにならないように、ときどき霧《きり》吹《ふ》きで湿《しめ》らせてやってひと冬《ふゆ》越《こ》した。

そして、今年《ことし》の六月《ろくがつ》ごろから孵化《ふか》して、今《いま》では小《ちい》さいスズムシがカゴの中《なか》にいっぱいだ。毎日《まいにち》、ナスやキュウリ、金魚《きんぎょ》のえさをやるのが、まる子《こ》の日課《にっか》なのだ。ときどきは忘《わす》れるけど。

「ホント!?　あのさー、おいらスズムシ飼《か》ってみたいんだけどさあ、一匹《いっぴき》くれないかい？」

まる子《こ》が笑顔《えがお》になった。

「いーよいーよ。うちはいっぱいいすぎて困《こま》ってるんだ。一匹《いっぴき》なんてケチなこと言《い》わずに、十匹《じゅっぴき》でも二十匹《にじゅっぴき》でもどーんと持《も》ってってってよ」

「わーいわーい、うれしいなァ、うれしいなァ」

「そんなに喜《よろこ》んでもらえると、わたしもスズムシを繁殖《はんしょく》させたかいがあるってもんだよ」

うれしいのは、まる子《こ》も一緒《いっしょ》だ。

このまま全部《ぜんぶ》のスズムシが大《おお》きくなって、鳴《な》くようになったら、大変《たいへん》なことになってしまうかもしれない。うるさくて夜《よる》も眠《ねむ》れないかもしれないのだ。

「じゃあさ、明日《あした》もらいに行《い》ってもいいかい？」

「うんいいよ。いつでもおいでよ」

まる子《こ》は即答《そくとう》した。

「わぁーいわぁーい。さくらって気前《きまえ》いいね。今《いま》までケチだと思《おも》っていてごめんよ」

「…別《べつ》にいいけど」

「じゃあねっ」

底抜《そこぬ》けに明《あか》るい声《こえ》で山田《やまだ》は言《い》った。

そのとき、まる子《こ》は、不意《ふい》に昨日《きのう》のたまちゃんとの電話《でんわ》を思《おも》い出《だ》した。

電話《でんわ》するって、楽《たの》しい。この際《さい》、相手《あいて》が山田《やまだ》でもいい。

思《おも》わず口走《くちばし》っていた。

「おっと、まあまあ、そんなに早《はや》く切《き》らなくても、ちょっと世間話《せけんばなし》でもしようよ。今《いま》たいくつしてたんだ。何《なに》か面白《おもしろ》い話《はなし》でもない？」


そのころ、まる子《こ》のクラスメイトの小長谷《こながや》さんの家《いえ》に一本《いっぽん》の電話《でんわ》があった。

「もしもし、あっ、紅林《くればやし》さん？　なに？　ああ、明日《あした》お弁当《べんとう》がいるのね。これ、連絡網《れんらくもう》で回《まわ》すのね。わかったわ」

小長谷《こながや》さんは、電話《でんわ》を切《き》ると、クラス名簿《めいぼ》を取《と》り出《だ》した。

「ええと、次《つぎ》はさくらさんに回《まわ》さなくっちゃ…ええと電話番号《でんわばんごう》は…」

名簿《めいぼ》を見《み》ながら、ダイヤルに指《ゆび》をかけた。

まる子《こ》と山田《やまだ》の電話《でんわ》はまだ続《つづ》いていた。

「へー、山根《やまね》んちのミドリガメ死《し》んじゃったのか」

「そうなんだってさー。アハハ、面白《おもしろ》いかい？」

ムダに明《あか》るい山田《やまだ》とはいえ、そこは笑《わら》うところではないだろう。

「面白《おもしろ》いわけないじゃん。気《き》の毒《どく》だよ。わたしもミドリガメ飼《か》ったことあるけどねぇ、死《し》んだ時《とき》には泣《な》いたもんだよ」

「アハハー。さくらって、優《やさ》しい人《ひと》だなぁ。今《いま》まで別《べつ》に優《やさ》しくないと思《おも》っていてごめんよ」

「あんた、さっきからわたしのこと、けっこう誤解《ごかい》してない？」

プーッ、プーッという話《はな》し中《ちゅう》の音《おと》がまた受話器《じゅわき》からきこえた。小長谷《こながや》さんはまゆを

ひそめた。

「ああん、まだ話《はな》し中《ちゅう》だわ。一体《いったい》何《なに》をしゃべってるのかしら、さくらさんの家《いえ》の人《ひと》って」

そのころ、丸尾君《まるおくん》の家《いえ》にも電話《でんわ》があった。

「スエオさん、電話《でんわ》でございますよ」

丸尾君《まるおくん》は天体望遠鏡《てんたいぼうえんきょう》を磨《みが》いていた手《て》を止《と》めた。

「かあさま、サンキュウベリマッチ。おっといけない、つい花輪《はなわ》クンの英語《えいご》のくせがうつってしまったでしょう」

花輪《はなわ》クンからピカピカの天体望遠鏡《てんたいぼうえんきょう》をもらって、丸尾君《まるおくん》はウキウキ気分《きぶん》が続《つづ》いていた。電話《でんわ》に向《む》かう足取《あしど》りも軽《かる》い。丸尾君《まるおくん》は受話器《じゅわき》を耳《みみ》にあてると、きげんよく言《い》った。

「もしもし、おお、藤木君《ふじきくん》ではございませんか。これはこれは一体《いったい》私《ワタクシ》に何《なん》の御用《ごよう》でしょう？」

「明日《あした》、弁当《べんとう》がいるんだってさっ」

丸尾君《まるおくん》は、眼鏡《めがね》をあげると、きりっとした顔《かお》でうなずいた。

「お弁当《べんとう》でございますね。わかりました。この丸尾《まるお》、責任《せきにん》をもって次《つぎ》の人《ひと》に電話《でんわ》いたします」

丸尾君《まるおくん》は受話器《じゅわき》を置《お》くと、一瞬考《いっしゅんかんが》えてつぶやいた。

「私《ワタクシ》の次《つぎ》は、ズバリ山田君《やまだくん》でしょう」

受話器《じゅわき》をとり、ダイヤルを回《まわ》した。だが、きこえてくるのはプーッ、プーッ、という話《はな》し中《ちゅう》の音《おと》。

「ズバリ、話《はな》し中《ちゅう》でしょう!!」

丸尾君《まるおくん》は再《ふたた》びダイヤルを回《まわ》した。

まる子《こ》は、廊下《ろうか》にだらしなく座《すわ》りこんで、電話《でんわ》を続《つづ》けていた。

「アッハッハッハ、そんでブー太郎《たろう》はどうなったの？」

「それでね、それでね、その日《ひ》はお弁当《べんとう》を忘《わす》れちゃって、しょうがないから妹《いもうと》のクラスまで行《い》って、おむすびを一個《いっこ》わけてもらったんだって――」

お弁当《べんとう》を持《も》っていかなくてはならない日《ひ》に、それを忘《わす》れてしまったブー太郎《たろう》の話《はなし》だ。

「なさけないねえ」

「そしたらね、せっかくもらったおむすびを、持《も》って帰《かえ》る途中《とちゅう》の階段《かいだん》で落《お》っことして三階《さんがい》から一階《いっかい》まで転《ころ》がっていっちゃったんだってさー」

もう我慢《がまん》できない。まる子《こ》、爆笑《ばくしょう》である。

「ヒーッヒーッ。バカだねぇブー太郎《たろう》は。まったく、弁当忘《べんとうわす》れるだけでも最低《さいてい》なのに、もらったおむすび転《ころ》がすなんて」

すかさず、山田《やまだ》が節《ふし》をつけて言《い》った。

「おむすびころりんすってんてん」

まる子《こ》は笑《わら》いの発作《ほっさ》におそわれた。

小長谷《こながや》さんは受話器《じゅわき》を耳《みみ》にあてたまま、大《おお》きなため息《いき》をついた。

「う〜ん。まだ電話中《でんわちゅう》なんて…もう四十分《よんじゅっぷん》も経《た》っているのにぃ…」

さっきからずっと、廊下《ろうか》で電話《でんわ》にかじりついているのを不思議《ふしぎ》に思《おも》ったおかあさんが、居間《いま》のドアから顔《かお》を出《だ》した。

「まさえ、何《なに》やってんの？」

「さくらさんちが話《はな》し中《ちゅう》で連絡網《れんらくもう》が回《まわ》せないのよ」

丸尾家《まるおけ》でも状況《じょうきょう》はおなじだった。

「…ズバリ～まだ話《はな》し中《ちゅう》とはけしからんでしょう。山田君《やまだくん》のご家族《かぞく》の一体《いったい》どなたが長話《ながばなし》をしているのでしょう。あ～、実《じつ》にイライラするでしょう」

ため息《いき》まじりにまたダイヤルを回《まわ》したが、再《ふたた》び話《はな》し中《ちゅう》の音《おと》がきこえた。おかあさんの声《こえ》がしたのは、そのときだ。

「スエオさん、早《はや》くお風呂《ふろ》にお入《はい》りなさい」

「かあさまっ、私《ワタクシ》だって早《はや》くお風呂《ふろ》に入《はい》りたい気持《きも》ちでいっぱいなのですよ。それなのに…ああそれなのに」

丸尾君《まるおくん》は情《なさ》けない顔《かお》でうったえた。

まる子《こ》と山田《やまだ》は笑《わら》いが止《と》まらない。お腹《なか》がひくひくいうくらい、笑《わら》いっぱなしだ。

「ああおかしい。ねえ、もっと面白《おもしろ》い話《はなし》ない？」

「あるよあるよ〜」

山田《やまだ》がギャハハッと笑《わら》いながら、また話《はな》し始《はじ》めた。


「まさえ、もうさくらさんはとばして、とりあえず次《つぎ》の人《ひと》に回《まわ》しなさい。これ以上《いじょう》まっていたら、後《あと》の人《ひと》のおうちに迷惑《めいわく》な時間《じかん》になっちゃうわよ」

おかあさんにそう言《い》われて、小長谷《こながや》さんはため息《いき》をついた。

「…そうね、もうさくらさんのことは仕方《しかた》ないわ」

名簿《めいぼ》を引《ひ》き寄《よ》せると、次《つぎ》の人《ひと》の電話番号《でんわばんごう》を回《まわ》し始《はじ》めた。

そのころ、丸尾君《まるおくん》は、奥歯《おくば》をぎりぎりとかみしめていた。

「く〜〜〜っ、丸尾《まるお》スエオ、もう我慢《がまん》の限界《げんかい》でしょう。さっさとお風呂《ふろ》に入《はい》らなければ、規則正《きそくただ》しい私《ワタクシ》の生活《せいかつ》が乱《みだ》れてしまうでしょう。山田君《やまだくん》、これもあなたのおうちの誰《だれ》かが悪《わる》いのです。あなたをとばして私《ワタクシ》は山根君《やまねくん》に電話《でんわ》をかける決意《けつい》をいたします。

ズバリ、それが男《おとこ》でしょう」

丸尾君《まるおくん》も、新《あら》たなダイヤルを回《まわ》し始《はじ》めた。


翌朝《よくあさ》、まる子《こ》と山田《やまだ》は登校《とうこう》するなり、教室《きょうしつ》のドアの前《まえ》で立《た》ちつくした。

「ええ〜〜〜っ」

まる子《こ》はたまちゃんをあわててつかまえると、目《め》をぱちぱちさせながらたずねた。

「きょ、今日《きょう》お弁当《べんとう》がいるの？」

「アハハ、ぜんぜん知《し》らなかったなー」

山田《やまだ》も、へらへら笑《わら》いながら、首《くび》をひねっている。

「変《へん》ねぇ、うちにはちゃんと連絡網《れんらくもう》で回《まわ》ってきたけど」

たまちゃんが小首《こくび》をかしげた。とし子《こ》ちゃんが気《き》の毒《どく》そうに言《い》った。

「わたしのうちにも電話《でんわ》が回《まわ》ってきたわよ」

「じゃあ、わたしと山田《やまだ》だけ？」

「オイラたち、なんでだろう」

ほおに手《て》をあて、まる子《こ》が考《かんが》えこんでいると、小長谷《こながや》さんが駆《か》け寄《よ》ってきた。思《おも》いつめたような目《め》をして言《い》った。

「…さくらさん、昨日連絡網《きのうれんらくもう》で回《まわ》そうと思《おも》って電話《でんわ》したんだけど、ずっと通《つう》じなかったから、さくらさんをとばして笹山《ささやま》さんに電話《でんわ》したの」

「ええっ、ホント!?」

ガガ〜ン。まる子《こ》は大《だい》ショックだった。

次《つぎ》に丸尾君《まるおくん》がやってきて、山田《やまだ》に向《む》かって言《い》った。

「ズバリ山田君《やまだくん》、あなたのお宅《たく》もずっとずっとず〜〜〜っとお話《はな》し中《ちゅう》でしたので、私《ワタクシ》、ついに耐《た》えきれず、山田君《やまだくん》を飛《と》ばして山根君《やまねくん》に電話《でんわ》をしたのでございますよ」

「ええっ」

山田《やまだ》の口《くち》がぽかんと開《あ》いた。

その瞬間《しゅんかん》、まる子《こ》はさとった。

まる子《こ》と山田《やまだ》が長電話《ながでんわ》をしたために、話《はな》し中《ちゅう》になってしまい、連絡網《れんらくもう》が回《まわ》ってこなかったのだ。

小長谷《こながや》さんは、申《もう》しわけなさそうに説明《せつめい》を続《つづ》けていた。

「…さくらさん、ごめんね、悪《わる》いとは思《おも》ったんだけど遅《おそ》くなっちゃ後《あと》の人《ひと》にメーワクだと思《おも》って」

「えっ、そ、そ、そうだよね、ホント」

「私《ワタクシ》も早《はや》くお風呂《ふろ》に入《はい》らなくてはなりませんでしたので、山田君《やまだくん》には悪《わる》いと思《おも》いつつとばさせていただきました」

「…アハハ…ハハ…」

山田《やまだ》の笑《わら》いから、どんどん力《ちから》がぬけていく。

とし子《こ》ちゃんがなぐさめるように言《い》った。

「まるちゃん、タイミング悪《わる》かったんだね。ちょうど誰《だれ》か家《いえ》の人《ひと》が長電話《ながでんわ》をしてたんだね」

「…アハ…うん、そうだね」

まる子本人《こほんにん》が長電話《ながでんわ》をしていたということだけは、秘密《ひみつ》にしなければと、まる子《こ》は思《おも》った。

「山田君《やまだくん》もお気《き》の毒《どく》でしたね。長電話《ながでんわ》をされていたおうちの方《かた》をうらんでください」

丸尾君《まるおくん》がそう言《い》ったとたん、まる子《こ》の首筋《くびすじ》がひやりとした。

山田《やまだ》がしゃべったりしないよね。

だがまる子《こ》のささやかな祈《いの》りは、次《つぎ》の瞬間《しゅんかん》、くだけちった。

「アハハ、じゃあオレじゃん」

山田《やまだ》は、そう言《い》ったのだ。

「ええっ、山田君《やまだくん》ご自身《じしん》が長電話《ながでんわ》をなさっていたのですか」

丸尾君《まるおくん》が重《かさ》ねてたずねた。

「うん、そーだよ」

まる子《こ》は唇《くちびる》をかみしめた。

(あっ、ばかっ。山田《やまだ》っ。アンタ、黙《だま》ってりゃいいんだよっ。わたしとあんたが長電《ながでん》話《わ》してたなんてバレたら大恥《おおはじ》じゃんっ)

「そんな長電話《ながでんわ》、一体誰《いったいだれ》としてたの？」

たまちゃんが山田《やまだ》にたずねた。まる子《こ》はぎゅっと目《め》をつぶった。

(たまちゃん、あんた余計《よけい》なこときくんじゃないよっ)

「さくらだよ、アハハー」

やっぱり言《い》っちゃったか、山田《やまだ》。

まる子《こ》の耳《みみ》に、みんなが息《いき》をのむ音《おと》がきこえた。

「ええっ、まるちゃん!?」

「さくらさん!?」

「…山田《やまだ》とまるちゃんが長電話《ながでんわ》してて通《つう》じなかったんだって…」

「…それじゃ自業自得《じごうじとく》ってもんだよね…」

「…ばからしいったらありゃしない…」

「…弁当忘《べんとうわす》れても仕方《しかた》ないよな、それじゃよォ…」

みんながひそひそと話《はな》す声《こえ》がまる子《こ》の胸《むね》にぐさぐさとつきささった。

穴《あな》があったら、入《はい》りたい。

山田《やまだ》との長電話《ながでんわ》をなかったことにしたい。

時間《じかん》を巻《ま》き戻《もど》して、昨日《きのう》からやりなおしたい。

まる子《こ》は、ほとんど消《き》え入《い》りそうな気持《きも》ちだった。


しかし、落《お》ちこんでばかりもいられなかった。お弁当《べんとう》がなければ、お昼《ひる》に食《た》べるものがないのだ。

まる子《こ》と山田《やまだ》は、「走《はし》るな」という張《は》り紙《がみ》がある学校《がっこう》の廊下《ろうか》をダダダッと走《はし》った。

「家《いえ》に電話《でんわ》しなきゃ」

「アハハアハハ、かーちゃん弁当作《べんとうつく》って持《も》ってきてくれるといーなー」

廊下《ろうか》を走《はし》り切《き》ると、ふたりは職員室《しょくいんしつ》の手前《てまえ》に二台《にだい》ある公衆電話《こうしゅうでんわ》に飛《と》びついた。

受話器《じゅわき》を取《と》り上《あ》げ、ポケットから十円玉《じゅうえんだま》を出《だ》して入《い》れた。

まる子《こ》がダイヤルに手《て》をかけたとき、山田《やまだ》がくるりと振《ふ》り向《む》いた。

「アハハ」

「何笑《なにわら》ってんのさ」

「なア、さくらァ」

「なにさ」

「オレんちの電話番号《でんわばんごう》おぼえてないかーー?」

まる子《こ》は目《め》をぱちぱちさせて、山田《やまだ》を見《み》つめた。

「ええっ、知《し》るわけないじゃんそんなもの。あんた自分《じぶん》ちの電話番号忘《でんわばんごうわす》れたのっ!?」

山田《やまだ》はあっけらかんとうなずいた。

「あんまり自分《じぶん》ちに電話《でんわ》なんてかけないから、忘《わす》れちゃったぞ、アハハ」

「アハハじゃないよ、どうすんの」

何《なん》にも考《かんが》えていないにしても、ほどがあるというものだ。

「どうしよう」

「先生《せんせい》にきいてきなよ」

「先生《せんせい》は今朝《けさ》は交通安全《こうつうあんぜん》の当番《とうばん》で見回《みまわ》りにでかけてるぞー」

「あ、そうだった。じゃあねぇ……」

まる子《こ》は考《かんが》えた。どうにかしなければ。

「そうだっ、わたしが家《いえ》に電話《でんわ》したら、ついでにあんたの家《いえ》の番号《ばんごう》を調《しら》べてもらうよ」

山田《やまだ》の顔《かお》がぱっと明《あか》るくなった。

「アハハ、さくらって頭《あたま》いいなァ。今《いま》まで悪《わる》いと思《おも》っていてごめんよ」

ひきつりながら、ダイヤルを回《まわ》したまる子《こ》の顔《かお》が、ぐにゃりとゆがんだ。

プーッ、プーッ。

「げっ、話《はな》し中《ちゅう》だっ」

電話《でんわ》を切《き》って、かけなおした。

だが、やはり話《はな》し中《ちゅう》の音《おと》が返《かえ》ってくる。

「あ〜、早《はや》くしないと一時間目《いちじかんめ》が始《はじ》まっちゃうよォ。遅《おく》れたらおかあさんがお弁当《べんとう》を作《つく》ってくれる時間《じかん》がなくなっちゃう……」

ほとんど涙《なみだ》ぐみながら、まる子《こ》はまたダイヤルを回《まわ》した。

プーッ、プーッ、プーッ。

「キ〜イ、一体《いったい》だれが長話《ながばなし》してんのさっ」

それはおじいちゃんの友蔵《ともぞう》だったのである。

友蔵《ともぞう》は笑顔《えがお》で、受話器《じゅわき》を握《にぎ》りしめていた。

「荒木《あらき》さん、このままえはすまなかったのう。今日《きょう》はゆっくり話《はなし》ができるから、一時間《いちじかん》でも二時間《にじかん》でも気《き》のすむまで話《はなし》をいたしましょう」

まだまだ電話《でんわ》は通《つう》じないのであった。

「金魚《きんぎょ》すくいに情熱《じょうねつ》を」の巻《まき》

突然《とつぜん》、まる子《こ》の大声《おおごえ》が家中《いえじゅう》に響《ひび》き渡《わた》った。

「わたしが一番《いちばん》だよ」

「いいえっ、私《わたし》です」

「いいや、わしじゃ」

お姉《ねえ》ちゃん、そして友蔵《ともぞう》の声《こえ》が続《つづ》いた。

「ちがうもん、ぜったいわたしだもん」

「ちがうよバーカ」

まる子《こ》とお姉《ねえ》ちゃんの声《こえ》の調子《ちょうし》が一触即発状態《いっしょくそくはつじょうたい》になったとき、おかあさんは茶《ちゃ》の間《ま》のフスマをすっと開《あ》けて、一喝《いっかつ》した。

「うるさいっ。何《なに》をもめてるのっ」

三人《さんにん》がいっせいに、腰《こし》に両手《りょうて》をあてたおかあさんを見上《みあ》げた。

「おかあさん、この三人《さんにん》の中《なか》で一体《いったい》だれが一番金魚《いちばんきんぎょ》すくいがうまいと思《おも》う？　わたしでしょ」

息《いき》せき切《き》ってたずねたまる子《こ》の声《こえ》に、お姉《ねえ》ちゃんの声《こえ》がかぶさった。

「私《わたし》だよね、おかあさん」

「わしじゃよ。ね、おかあさん」

「そんなもん、だれだっていいわよっ」

「よくないよ。わたしら真剣《しんけん》なんだよ。このさい、はっきりだれが一番《いちばん》か決《き》めてもらわなきゃ気《き》が済《す》まないよ」

「そんなくだらないこと考《かんが》えてるほどわたしゃヒマじゃないんだよ。じゃんけんで決《き》めなさい」

パチンと音《おと》をたてて閉《と》じられたフスマを、まる子《こ》は恨《うら》めしそうに見《み》た。

「も〜〜っ、おかあさんはいいかげんな事言《ことい》うね」

まったくだとうなずいたお姉《ねえ》ちゃんだったが、はっと顔《かお》を上《あ》げた。

「よし、こうなったら今《いま》から金魚《きんぎょ》すくいに行《い》って、決着《けっちゃく》つけようよ」

まる子《こ》と友蔵《ともぞう》の顔《かお》が輝《かがや》いた。

「それがいい。わしゃこの七十六年間《ななじゅうろくねんかん》でみがきぬかれたこの技《わざ》を、まる子《こ》たちにたっぷり見《み》せてやるぞ」

「フッフッフ、のぞむところだね。わたしゃ三十八匹《さんじゅうはっぴき》すくった記録《きろく》をもつ女《おんな》だよ。みんなそろって腰《こし》ぬかしとくれよ」

三人《さんにん》、顔《かお》を見合《みあ》わせて自信《じしん》ありげにニヤリと笑《わら》った。

金魚《きんぎょ》すくいの試合《しあい》の舞台《ぶたい》は、金魚屋《きんぎょや》「こまつ屋《や》」である。店《みせ》の前《まえ》に立《た》った三人《さんにん》は、やる気《き》まんまんだ。

まる子《こ》は肩《かた》をいからして、ふたりに言《い》った。

「さあいくよ」

「まて、まる子《こ》、ここはポイが紙《かみ》でできてるやつじゃろうな？」

友蔵《ともぞう》の目《め》がきらりと光《ひか》った。紙《かみ》でできているポイこそが金魚《きんぎょ》すくいの王道《おうどう》なのだ。

まる子《こ》の鼻《はな》が小《ちい》さく鳴《な》った。

「あたりまえだよ。ウエハースでできてるポイなんて邪道《じゃどう》だよ」

「フッ、それならいいんじゃ」

中《なか》に入《はい》ると、数人《すうにん》が金魚《きんぎょ》すくいを楽《たの》しんでいた。

小《ちい》さな男《おとこ》の子《こ》がねらいの金魚《きんぎょ》を外《はず》し、その上《うえ》、ポイに穴《あな》をあけるのを目撃《もくげき》したまる子《こ》は、余裕《よゆう》たっぷりで言《い》った。

「あン、ヘタくそだねェ」

「まったくじゃ。なっとらん。一《いち》から出《で》なおしてくるべきじゃ」

友蔵《ともぞう》も容赦《ようしゃ》ない。

だが、泣《な》きべそをかいてしまった男《おとこ》の子《こ》の親《おや》にジロリとにらまれ、ふたりは苦笑《にがわら》いをしながらあとずさった。

お姉《ねえ》ちゃんがそんなふたりに後《うし》ろから声《こえ》をかけた。

「早《はや》くやろうよ」

「おお、そうじゃ。三人分《さんにんぶん》ください」

財布《さいふ》を出《だ》し、友蔵《ともぞう》が金魚屋《きんぎょや》に言《い》った。

「はいよ、三百円《さんびゃくえん》だよ」

代金《だいきん》と引《ひ》き換《か》えに、ポイ三本《さんぼん》とアルミのおわん三個《さんこ》が手渡《てわた》された。

それぞれ一個《いっこ》ずつ手《て》にすると、友蔵《ともぞう》が柄《がら》にもなく重々《おもおも》しく言《い》った。

「ではははじめるぞ」

「準備《じゅんび》OK《オーケー》だよ」

まる子《こ》がうなずく。お姉《ねえ》ちゃんが続《つづ》けた。

「よし、はじめっ」

三人《さんにん》はキリッとした顔《かお》で、位置《いち》に着《つ》いた。

まる子《こ》はねらいの金魚《きんぎょ》を決《き》めると、すっとナナメ四十五度《よんじゅうごど》の角度《かくど》でポイを水《みず》にいれた。

このようにナナメ四十五度《よんじゅうごど》の角度《かくど》でポイを水《みず》に入《い》れることは第一《だいいち》のポイントである。

友蔵《ともぞう》はその様子《ようす》を目《め》の隅《すみ》にとめると、心《こころ》の中《なか》でつぶやいた。

（ううむまる子《こ》の奴《やつ》、ポイの入《い》れ方《かた》をよく知《し》っとる。なかなかのもんじゃ）

その間《あいだ》に、お姉《ねえ》ちゃんは水《すい》そうのカドに金魚《きんぎょ》を追《お》いつめ、早《はや》くも一匹《いっぴき》すくい上《あ》げていた。その流《なが》れるような動《うご》きに、まる子《こ》はうなった。

（うーむ、お姉《ねえ》ちゃんめ、カドに追《お》いこんですくうテクニックを身《み》につけているね。さすが、この勝負《しょうぶ》にのぞんだだけのことはあるね）

友蔵《ともぞう》も負《ま》けてはいない。追《お》いつめた金魚《きんぎょ》をポイに入《い》れると、器《うつわ》を近《ちか》づけ、パッとうつした。お姉《ねえ》ちゃんが口《くち》を一文字《いちもんじ》にひきしめた。

（おじいちゃん、あのムダのない手《て》さばき。相当《そうとう》なもんだね。手《て》ごわい相手《あいて》だよ）

むんむんと闘志《とうし》を燃《も》やす三人《さんにん》の姿《すがた》は、金魚屋《きんぎょや》の中《なか》で異彩《いさい》を放《はな》っていた。

「へー、あのおかっぱの子《こ》、もう七匹《ななひき》もとってるよ。あの子《こ》うまいよ」

「こっちのじいさんもやるぜ」

「このお姉《ねえ》ちゃんまたとったよ。うまいうまい」

まわりから注目《ちゅうもく》を浴《あ》びて、（この勝負《しょうぶ》、ぜったい負《ま》けられない!!）と、三人《さんにん》はますます気合《きあ》いが入《はい》った。

まる子《こ》は赤《あか》い金魚《きんぎょ》にねらいを定《さだ》めていた。当然《とうぜん》、ポイの上《うえ》を通《とお》るデメキンは見送《みおく》った。その姿《すがた》を見《み》て、友蔵《ともぞう》はうめいた。

(まる子《こ》め、デメキンを見送《みおく》りよった。できる!! デメキンは太《ふと》ってるから、ポイへのダメージがでかいんじゃ。素人《しろうと》なら今《いま》のデメキンに手《て》を出《だ》してダメになるものを…まる子《こ》よ、よきライバルじゃ)

お姉《ねえ》ちゃんが小《ちい》さな金魚《きんぎょ》を二匹《にひき》いっぺんにすくったのはそのときだ。

「おおっ」

勝負《しょうぶ》の行方《ゆくえ》を見守《みまも》っている観客《かんきゃく》がいっせいにどよめいた。

(お姉《ねえ》ちゃん、いつのまに二匹《にひき》どりのワザを覚《おぼ》えたんだろう。やるね。フッ、わがライバルにしちゃ上《じょう》できだよ)

唇《くちびる》の端《はし》だけで笑《わら》ったまる子《こ》の目《め》が一点《いってん》で止《と》まった。友蔵《ともぞう》のポイに穴《あな》があいているのを見《み》つけたのだ。ポイに貼《は》ってある紙半分《かみはんぶん》がなくなり、むこう側《がわ》が透《す》けていた。

「やーい、おじいちゃん、穴《あな》があいたね。もうおしまいだね」

「フッ、バカめ。勝負《しょうぶ》はこれからじゃ。ポイなんて半分《はんぶん》残《のこ》ってりゃ充分《じゅうぶん》じゃわい」

そうつぶやくと、友蔵《ともぞう》は半分《はんぶん》だけ紙《かみ》の残《のこ》ったポイで、すっと、金魚《きんぎょ》をすくってみせた。

「すげー、あんな状態《じょうたい》でもすくってるぜ、あのじいさん」

背中《せなか》の後《うし》ろからきこえた感嘆《かんたん》の声《こえ》に思《おも》わずにやりとしてしまった友蔵《ともぞう》を見《み》ながら、お姉《ねえ》ちゃんは満足《まんぞく》げにうなずいた。

(おじいちゃん、やるわね、ポイの半分《はんぶん》でとるテクニックは相当《そうとう》うまくないとムリなのに…フッフッフッホッ〜〜〜ホッホッホ。おもしろいじゃない。これでこそやりがいがあるってもんよ、ホ〜〜ッホッホッホ)

ところで、まる子《こ》たちの隣《となり》で、金魚《きんぎょ》に逃《に》げられてばかりいる子《こ》がいた。

その子《こ》のポイに、ついに一匹《いっぴき》かかったと思《おも》いきや母親《ははおや》が大声《おおごえ》を出《だ》した。

「バカッ、おまえはなんで死《し》んだ魚《さかな》なんてすくうんだいっ」

「だって、みんな逃《に》げちゃうから、これが動《うご》かなくてかんたんだったんだもん」

「そんなもん、サッサとすてて、生《い》きてるやつをとりなさいっ」

「もうダメだよ。これすくったら、穴《あな》があいちゃったぜ」

バシッと、頭《あたま》をはたく音《おと》がした。


まる子《こ》はポイを水《みず》から上《あ》げ、じっと見《み》つめた。ポイに異変《いへん》がおきていた。

(やばいっ、まん中《なか》にきれつが入《はい》ってきたよ。このままもう一回《いっかい》すくったらやぶけるね。上半分《うえはんぶん》をフル活用《かつよう》してゆこう)

このように、金魚《きんぎょ》すくいでは綿密《めんみつ》な作戦《さくせん》が必要《ひつよう》とされるのである。

友蔵《ともぞう》はそんなまる子《こ》の様子《ようす》を見逃《みのが》さなかった。

(まる子《こ》の奴《やつ》、計算《けいさん》しておるな。若《わか》いのになかなかやるわい。ワッハッハッハッハ〜〜〜ッ。でも、このわしに勝《か》てると思《おも》うなよ。ヒ〜〜〜ッヒッヒッヒ)

まる子《こ》はポイを水《みず》に入《い》れる角度《かくど》だけでなく、金魚《きんぎょ》があたる部分《ぶぶん》まで考《かんが》えて、慎重《しんちょう》に金魚《きんぎょ》を追《お》いこみ、すくい上《あ》げようとした瞬間《しゅんかん》、ドンっと水《すい》そうがゆれ、金魚《きんぎょ》がするりと逃《に》げた。

「いてっ」

あの隣《となり》のぼーっとした男子《だんし》がよりによって水《すい》そうに足《あし》をぶつけたのである。

（あんっ、あのバカ〜〜ッ）

まる子《こ》ににらみつけられ、男子《だんし》はくやしそうにつぶやいた。

「ちぇっ、あのじいさんとあのおかっぱの奴《やつ》ら、いつまでしゃがんでいる気《き》だろ」

「おまえみたいに死《し》んだ金魚《きんぎょ》すくってダメんなってるんじゃないんだから、時間《じかん》がかかるんだよ」

母親《ははおや》が情《なさ》けないとばかり、ため息《いき》をついた。

と、そのとき、友蔵《ともぞう》の顔《かお》がぐにゃりとゆがんだ。

半分《はんぶん》だけ残《のこ》っていたポイの紙《かみ》がついにやぶけ、跡形《あとかた》もなくなった。

（あ〜っ、しまったァ、もうひとまわり小《ちい》さいやつにすりゃよかった。く〜〜〜、

無念《むねん》、無念《むねん》じゃぁぁぁ）

まる子《こ》は、にやりと笑《わら》った。

「おじいちゃん、終《お》わったようだね」

だが、友蔵《ともぞう》はあごを上《あ》げた。

「フッ、フン。わしゃまだすくえるぞ」

枠《わく》だけのポイにひっかけて金魚《きんぎょ》をすくい始《はじ》めた友蔵《ともぞう》を見《み》て、まる子《こ》とお姉《ねえ》ちゃんの体《からだ》が電撃《でんげき》ショックをうけたかのようにびくっと震《ふる》えた。

（おじいちゃん、できる!!）

それから友蔵《ともぞう》はこれでいいと納得《なっとく》した表情《ひょうじょう》ですっと立《た》ち上《あ》がった。

まる子《こ》のポイも弱《よわ》っていた。

そして次《つぎ》の金魚《きんぎょ》をすくい上《あ》げようとしたとき、ついにつーっときれつが広《ひろ》がった。

まる子《こ》は枠《わく》だけが残《のこ》ったポイをぼう然《ぜん》と見《み》つめた。

「あ〜っ、しまったア。まん中《なか》ですくっちゃったよ。あれほど注意《ちゅうい》してたのにイ」

お姉《ねえ》ちゃんの肩《かた》が落《お》ちたのも、それからすぐだった。

「あ〜っ、二匹《にひき》やるんじゃなかったなァ。一匹《いっぴき》ずつやりゃあと五匹《ごひき》はいけたのにィ」

二匹《にひき》どりをしようとして、ポイの紙《かみ》がすっかりやぶれてしまったのだ。

三人《さんにん》、集《あつ》まり、アルミのおわんの中《なか》の金魚《きんぎょ》を数《かぞ》えた。

「ひいふうみいよう……わしゃ十六匹《じゅうろっぴき》じゃ」

「わたしゃ二十四匹《にじゅうよんひき》だよ。ヘッ、勝《か》ったね」

「私《わたし》は二十匹《にじゅっぴき》。くやし〜〜ィ」

まる子《こ》の顔《かお》に勝利《しょうり》のほほ笑《え》みが広《ひろ》がった。

さっきから三人《さんにん》の様子《ようす》を見《み》ていた男《おとこ》が近《ちか》づいてきたのはそのときだ。

「いやァ、数《かず》でこそおじいさんは少《すく》なかったが、あのテクニックは一番《いちばん》すごかったよ」

やはり、じっと三人《さんにん》の戦《たたか》いを見《み》ていた男《おとこ》の子《こ》が言《い》った。

「このお姉《ねえ》さん、二匹《にひき》いっぺんにとるのうまかったんだよ、おかあさん」

「そうね、二匹《にひき》いっぺんにとったのなんて初《はじ》めて見《み》たわね」

三人《さんにん》、顔《かお》を見合《みあ》わせ、目《め》を光《ひか》らせた。

「わしのテクニックとお姉《ねえ》ちゃんの二匹《にひき》どり、そしてまる子《こ》の金魚《きんぎょ》の数《かず》の多《おお》さ……フッ、この勝負《しょうぶ》、だれが一番《いちばん》の名人《めいじん》かまだ決着《けっちゃく》はついてないようじゃの」

まる子《こ》がうなずいた。

「一回《いっかい》の勝負《しょうぶ》じゃ決《き》まらないね。日《ひ》を改《あらた》めてまた決着《けっちゃく》つけなおそう」

「のぞむところよ」

お姉《ねえ》ちゃんがそう言《い》った瞬間《しゅんかん》、三人《さんにん》はヒュウゥっと風《かぜ》が吹《ふ》く荒《あ》れ野原《のはら》に立《た》つガンマンのような気持《きも》ちになった。

ニヤリと不敵《ふてき》な笑《わら》いが同時《どうじ》にもれ出《で》た。

「すいませんねェ、どれだけたくさんとっても、一回《いっかい》五匹《ごひき》までしか持《も》って帰《かえ》れないんですよ」

金魚屋《きんぎょや》に、まる子《こ》は鷹揚《おうよう》にうなずいた。

(フッ、金魚屋《きんぎょや》さんよ、わたしゃそのくらいのオキテは知《し》ってるよ。安心《あんしん》しとくれよ)

帰《かえ》り際《ぎわ》、友蔵《ともぞう》は金魚屋《きんぎょや》に頭《あたま》を下《さ》げた。

「金魚屋《きんぎょや》さんや、また来《き》ますから、よろしくお願《ねが》いいたします」

「こりゃごていねいにどうも。またいくらでも遊《あそ》びに来《き》てくださいよ」


その日《ひ》の夕食《ゆうしょく》。話題《わだい》は当然《とうぜん》、金魚《きんぎょ》すくいである。

「おじいちゃんもけっこうやるんだよ。これが。全部穴《ぜんぶあな》があいちゃっても、まだ枠《わく》のはりがねにひっかけて一匹《いっぴき》すくったんだから」

まる子《こ》がそう言《い》うと、ヒロシがうなずいた。

「へー、そりゃすげえな」

「わしゃ昔《むかし》は〝金魚屋泣《きんぎょやな》かせの友蔵《ともぞう》ちゃん〟って言《い》われたもんじゃ」

今《いま》は家族泣《かぞくな》かせの友蔵《ともぞう》ちゃんである。

「私《わたし》だって二匹《にひき》いっぺんにすくって絶賛《ぜっさん》されたのよ」

「そうじゃそうじゃ、お姉《ねえ》ちゃんのあの技《わざ》はなかなかのもんじゃ」

「でも一番《いちばん》とったのはこのわたしだよ」

ヒロシは、肩《かた》をすくめた。

「どいつもこいつも、将来《しょうらい》たいして役《やく》に立《た》ちそうもねェ才能《さいのう》ばっかりあるなァ」

「でも、何《なに》もないよりいいよ。隣《となり》ですくってた男子《だんし》なんて、バカそうなカオして、死《し》んだ金魚《きんぎょ》すくってダメになっちゃったんだから」

「そいつの親《おや》になりたくねェなァ」

ヒロシがつぶやいた。

友蔵《ともぞう》は遠《とお》くを見《み》るかのように、目《め》を細《ほそ》めた。

「まだまだわしらの勝負《しょうぶ》はついとらんのじゃ。三日後《みっかご》、また勝負《しょうぶ》しに行《い》くんじゃよ」

おかあさんがまゆをひそめた。

「もう、今日《きょう》とってきたのだけでも十五匹《じゅうごひき》もいるんだから、いいにしなさい」

「ダメっ、またやるのっ」

三人《さんにん》が声《こえ》をそろえた。果《は》たしてだれが勝《か》つのかこの勝負《しょうぶ》。

学校《がっこう》から帰《かえ》ったまる子《こ》は、たらいの中《なか》に金魚《きんぎょ》を入《い》れ、しゃもじを使《つか》って、金魚《きんぎょ》すくいのトレーニングを始《はじ》めた。

「フゥ、しゃもじだとやぶけないから、いまひとつ緊張感《きんちょうかん》がでないなァ。これじゃ練《れん》習《しゅう》にならないよ」

確《たし》かに、いくら金魚《きんぎょ》を追《お》いまわしても、上達《じょうたつ》しているという実感《じっかん》が伴《ともな》わない。

その上《うえ》、後《うし》ろからおかあさんの声《こえ》が飛《と》んできた。

「まる子《こ》っ、あんた何《なに》やってるのっ」

「おかあさん、今《いま》、金魚《きんぎょ》すくいの練習《れんしゅう》やってるんだから、じゃましないでよ」

「バカ、おしゃもじをそんなふうに使《つか》うんじゃないのっ。それに金魚《きんぎょ》だって、生《い》きているんだからかわいそうでしょ。今度《こんど》こんなことしたらおかあさん、ゆるしませんよっ」

「ごめんなさい」

まる子《こ》は廊下《ろうか》を歩《ある》きながらつぶやいた。

「あーあ、本当《ほんとう》の金魚屋《きんぎょや》で金魚《きんぎょ》すくいをやりたいよ。練習《れんしゅう》しなきゃ、この次《つぎ》の勝負《しょうぶ》に勝《か》てないよ」

ふと思《おも》いついて、友蔵《ともぞう》の部屋《へや》をのぞいたまる子《こ》の目《め》が丸《まる》くなった。

友蔵《ともぞう》はテレビの前《まえ》に座《すわ》りながら、手首《てくび》をたくみにクルリと動《うご》かしていた。

(おじいちゃん、勝負《しょうぶ》に備《そな》えて手首《てくび》を鍛《きた》えているね。ニクイ心意気《こころいき》だねェ)

見《み》てはいけないものを見《み》たような気《き》がして、まる子《こ》は走《はし》り去《さ》った。

そのパタパタという足音《あしおと》を耳《みみ》にした友蔵《ともぞう》の動《うご》きが止《と》まった。ハッと振《ふ》り返《かえ》った。

(今《いま》、足音《あしおと》がっ…しまった、まる子《こ》にわしの特訓《とっくん》を見《み》られたかもっ。この秘密《ひみつ》の手首《てくび》回《まわ》しはだれにも見《み》られたらいかん。気《き》をつけなくては)

友蔵《ともぞう》は障子《しょうじ》をぴたりと閉《し》めると、またクルリクルリと手首《てくび》を返《かえ》し始《はじ》めた。

お姉《ねえ》ちゃんも学校《がっこう》から帰《かえ》るなり、部屋《へや》に閉《と》じこもり、「金魚《きんぎょ》すくいのワザ」という本《ほん》を読《よ》んでいた。お姉《ねえ》ちゃんはまる子《こ》の足音《あしおと》がきこえると、本《ほん》をパタンと閉《と》じ、急《いそ》いで机《つくえ》の中《なか》に本《ほん》をしまった。

だが、まる子《こ》は引《ひ》き出《だ》しを閉《し》める音《おと》をちゃんと耳《みみ》にしていた。

「お姉《ねえ》ちゃん、今《いま》何《なに》をかくしたの？」

「べつに何《なに》もかくしてないけど」

「うそ。何《なに》かしまったんじゃないの？」

「私《わたし》は宿題《しゅくだい》やってるのよ。じゃましないでちょうだい」

お姉《ねえ》ちゃんはまる子《こ》の目《め》を見《み》ようともしない。ピンときた。

「もしかして金魚《きんぎょ》すくいの研究《けんきゅう》してたんじゃないの？」

「そんなバカなことするわけないでしょ。わたしゃ忙《いそが》しいんだよ。あっち行《い》ってよ」

ますますあやしかった。

「フンだ」

こうして各自《かくじ》それぞれ秘密《ひみつ》の訓練《くんれん》をし、やがてふたたび勝負《しょうぶ》の日《ひ》がやってきた。

「さあ、今日《きょう》こそは決着《けっちゃく》をつけるよ」

こまつ屋《や》の前《まえ》で、まる子《こ》が言《い》うと、友蔵《ともぞう》が続《つづ》けた。

「よし、ルールをつくろう」

「そうね、どうしようか」

お姉《ねえ》ちゃんが小首《こくび》をかしげた。

今回《こんかい》は、数《かず》だけでなく、ワザも含《ふく》めての勝負《しょうぶ》にしなければならない。一体《いったい》、何《なに》を基準《きじゅん》にして戦《たたか》えばいいのか。

そのとき、水《すい》そうをのぞきこんでいた高校生《こうこうせい》カップルの女《おんな》の子《こ》が一匹《いっぴき》の金魚《きんぎょ》を指《ゆび》さし、甲高《かんだか》い声《こえ》で言《い》ったのである。

「たけしィ、あの大《おお》きいのとってェ」

「よぉし、あれだな」

その金魚《きんぎょ》はとびぬけて大《おお》きく、まるまると太《ふと》っていた。友蔵《ともぞう》が顔《かお》を上《あ》げた。

「よし、あの金魚《きんぎょ》をとった人《ひと》が勝《か》ちということにしたらどうじゃ」

「うん、そうしよう」

まる子《こ》がうなずくと、お姉《ねえ》ちゃんもこぶしを握《にぎ》りしめた。

まる子《こ》たちは、それぞれ水《すい》そうのかたわらにしゃがみこんで、そのデブ金《きん》にねらいを定《さだ》め、いっせいに追《お》い始《はじ》めた。

たけしは自分《じぶん》が先《さき》にねらったものを横《よこ》からかっさらおうとする三人《さんにん》に一瞬《いっしゅん》、戸惑《とまど》い、ひるんだ。

「わ、なんだなんだこの人《ひと》たちは」

「たけしイ、がんばれ」

だが、女《おんな》の子《こ》の声援《せいえん》がとぶと、たけしはまた闘志《とうし》を燃《も》やし始《はじ》めた。

まる子《こ》はデブ金《きん》にひたっと視線《しせん》を合《あ》わせ、心《こころ》の中《なか》でつぶやいていた。

(たけしはどうでもいいんだよ。わたしゃ命《いのち》をかけてあれをとるよ)

(まけてたまるか。わしゃ金魚屋《きんぎょや》泣《な》かせの友蔵《ともぞう》ちゃんじゃい)

友蔵《ともぞう》も唇《くちびる》をきっとひきしめた。たけしは、三人《さんにん》をじろりとにらんだ。

（なんだってこいつら、オレの恋路《こいじ》のじゃまするんだよ。オレの彼女《かのじょ》にいいとこ見《み》せさせてくれよ、オイ）

デブ金《きん》を追《お》いかけ、四人《よにん》はあっちに行《い》ったりこっちに行《い》ったり。大移動《だいいどう》を繰《く》り返《かえ》した。他《ほか》の金魚《きんぎょ》には目《め》もくれない。女《おんな》の子《こ》がたまりかねて叫《さけ》んだ。

「たけしィ、もうあれはいいから、ちがうのとってよォ」

「うるさいだまってろ」

彼女《かのじょ》にいいところを見《み》せたいという気持《きも》ちはどこへやら。

頭《あたま》に血《ち》がのぼったたけしは、もはやデブ金《きん》しか見《み》ていない。

（キ〜〜、たけしまであの大《おお》きいのとろうとしなくたっていいじゃない。彼女《かのじょ》の言《い》うことぐらいてあきらめなよ）

お姉《ねえ》ちゃんがいくら心《こころ》の中《なか》でつぶやいても、もうムダというものであった。四人《よにん》はデブ金《きん》の動《うご》きに合《あ》わせて、ぞろぞろ移動《いどう》を続《つづ》けた。

夢中《むちゅう》になるあまり、人《ひと》にぶつかったり、水《すい》そうをゆらしたり。他《ほか》の客《きゃく》のことなどすっかり忘《わす》れていた。

「あ〜〜ん、あの人《ひと》たちがじゃましてとれないよう」

泣《な》き声《ごえ》をあげた子《こ》どもの親《おや》がキッと四人《よにん》をにらんだが、まる子《こ》たちはいっそう闘志《とうし》をかきたてるばかりである。

(わたしらは道楽《どうらく》でやってんじゃないんだよ。子《こ》どもは帰《かえ》った帰《かえ》った)

自分《じぶん》も子《こ》どもであることなど忘《わす》れて、まる子《こ》は心《こころ》の中《なか》でつぶやいた。たけしはふんばりながら、デブ金《きん》を追《お》ってぐいぐい肩《かた》とひじで押《お》し始《はじ》めた友蔵《ともぞう》に耐《た》えていた。

(くそう、なんだよこのじじい、くっつくなよバカヤロウ)

「たけしィ、もういいよォ」

女《おんな》の子《こ》の声《こえ》がもう一度《いちど》、響《ひび》き渡《わた》った。

(そうじゃよ、たけし、もうあっちへ行《い》っとくれ)

だが、たけしは友蔵《ともぞう》からひじを押《お》されれば押《お》し返《かえ》し、お姉《ねえ》ちゃんのポイが目《め》の前《まえ》にくれば、その前《まえ》に自分《じぶん》のポイを出《だ》す。

(も〜〜、たけしってこの男《おとこ》はさっきから私《わたし》のじゃまばっかりするんだから)

お姉《ねえ》ちゃんは、またたけしのポイの前《まえ》に自分《じぶん》のポイをさっとすべらせた。

いつしか、四人《よにん》は熱気《ねっき》の渦《うず》となっていた。全員《ぜんいん》の頭《あたま》から湯気《ゆげ》が出《で》ている。

「としちゃん、今日《きょう》はもう終《お》わりにしなさい」

まる子《こ》の隣《となり》でじゃまばかりしている男《おとこ》の子《こ》が首《くび》を振《ふ》った。

「やだよォ」

まる子《こ》としては、(としちゃん、おねがいだからあっち行《い》っとくれよ)という心境《しんきょう》である。

そしてついに、たけしがデブ金《きん》にリーチをかけた。

たけしのポイの上《うえ》に、デブ金《きん》がゆらゆらゆら……。三人《さんにん》の口《くち》が半開《はんびら》きになった。

(しまった、たけしに持《も》ってかれる!!)

すかさず、たけしのポイが動《うご》いた。デブ金《きん》がポイの薄紙《うすがみ》の上《うえ》にのった。そのまま水《すい》面《めん》へと持《も》ち上《あ》げられた。万事休《ばんじきゅう》す。

だが、デブ金《きん》がひらりととびはねた。その瞬間《しゅんかん》、薄紙《うすがみ》にきれつが走《はし》り、無残《むざん》にやぶれ、ポチャリ……音《おと》がしたかと思《おも》うと、デブ金《きん》は再《ふたた》び、水《みず》の中《なか》を泳《およ》ぎ出《だ》した。

（しまったアァア）

たけしの目《め》がこぼれそうなほど大《おお》きくなった。ぎりぎりと奥歯《おくば》がきしる音《おと》がきこえる気《き》がした。三人《さんにん》は心《こころ》の中《なか》で喜《よろこ》びの声《こえ》をあげた。

（やったアア、たけし、やぶれたりィ）

女《おんな》の子《こ》が駆《か》け寄《よ》ると、なぐさめるように言《い》った。

「たけしィ、やぶけちゃったね」

「くそっ」

そんなたけしを見《み》て、まる子《こ》たちはもう一度《いちど》ニヤリとした。

（たけしさえいなきゃ、この勝負《しょうぶ》もらったも同然《どうぜん》だよ）とまる子《こ》。（あのたけしという若者《わかもの》も、これから金魚《きんぎょ》すくいの世界《せかい》にはまりこんでゆくじゃろう）と友蔵《ともぞう》。（今度《こんど》来《く》るときゃ、彼女《かのじょ》なんてつれてくるんじゃないよ、たけし）とお姉《ねえ》ちゃん。

三人《さんにん》はまた気合《きあ》いを入《い》れ直《なお》し、勝負《しょうぶ》を続行《ぞっこう》した。

そのころ、たけしは肩《かた》を落《お》として金魚屋《きんぎょや》のおじさんにポイと器《うつわ》を返《かえ》していた。

「ハイ」

「あんた、一匹《いっぴき》もとれなかったのかね」

「……ハイ」

「一匹《いっぴき》もとれなかった人《ひと》は、どれでも好《す》きなのコレでとっておいで」

おじさんからアミのついたタモを渡《わた》されたたけしの目《め》がきらりとにぶく光《ひか》った。


邪魔者《じゃまもの》がいなくなり、まる子《こ》たちはいっそう燃《も》えていた。

（あの太《ふと》ってる金魚《きんぎょ》、にぶそうなくせして案外《あんがい》すばやいね）

まる子《こ》はデブ金《きん》の動《うご》きを予測《よそく》することにした。友蔵《ともぞう》も待《ま》ち伏《ぶ》せ作戦《さくせん》を決行《けっこう》していた。

（やつは今度《こんど》こっちに来《き》たらわしがいただく。このカドに追《お》いつめて、六十度《ろくじゅうど》の角度《かくど》

ですくい上《あ》げてやる）

（あの一匹《いっぴき》は三匹分《さんびきぶん》の重《おも》さがありそうね。二匹《にひき》いっぺんにすくったこの私《わたし》でもできるかどうか……）

お姉《ねえ》ちゃんはその重《おも》さを推《お》し量《はか》り、紙《かみ》に負担《ふたん》をかけないすくい方《かた》をいく通《とお》りもシミュレーションしていた。

ぴりぴりと音《おと》がきこえるほど、三人《さんにん》は緊迫《きんぱく》していた。

その間《あいだ》にずかずかと入《はい》ってきた者《もの》がいた。あのたけしである。

（たけし!!　また戻《もど》ってくるとは!!）

三人《さんにん》は同時《どうじ》に、ぎらっとたけしをにらんだ。その上《うえ》、たけしはおきて破《やぶ》りのアミのついたタモでデブ金《きん》をねらい始《はじ》めたのである。

（たけしめ、やぶけないタモでねらうとはひきょう者《もの》めっ）

まる子《こ》は心《こころ》の中《なか》で思《おも》わず毒《どく》づいた。友蔵《ともぞう》も同《おな》じ心境《しんきょう》だった。

（たけしに持《も》っていかれる前《まえ》にこのわしが絶対《ぜったい》きめてみせるぞっ）

(もういいかげんにしてよ、たけしっ)お姉《ねえ》ちゃんもたけしの動《うご》きを封《ふう》じようと、ぐいっと近《ちか》づいてブロックしようとした。

だが、たけしはデブ金《きん》はいただくと、もう決《き》めていた。

(このオレがねらってた金魚《きんぎょ》を横取《よこど》りしようとしたこいつらめ、おまえらにわたすもんかっ)

四人《よにん》はデブ金《きん》を追《お》い、水《すい》そうのまわりをそれまでにもまして速《はや》いスピードでグルグルまわり始《はじ》めた。

「よし、こうなりゃ敵《てき》はたけしひとりじゃ。みんな、力《ちから》を合《あ》わせてあれをとろう」

「はいっ」

友蔵《ともぞう》に、まる子《こ》とお姉《ねえ》ちゃんはうなずいた。

三人《さんにん》は水《すい》そうの三《さん》か所《しょ》に分《わ》かれて陣取《じんど》り、それぞれデブ金《きん》を待《ま》ち伏《ぶ》せた。

(くそう、こいつらどこまでオレのじゃまをする気《き》だ、シフトまでしきやがって、おのれ〜〜〜っ)

その上《うえ》、女《おんな》の子《こ》の黄色《きいろ》い声《こえ》がたけしの背中《せなか》に突《つ》き刺《さ》さった。

「たけしィ、あんたやぶけないタモなのに何《なに》ぐずぐずしてんのよォ」

「うるせえっ」

たけしが最大級《さいだいきゅう》に燃《も》え上《あ》がったのはこのときだった。

「うぉぉぉ」

そして、次《つぎ》の瞬間《しゅんかん》、たけしのタモの中《なか》にデブ金《きん》が入《はい》った。くそ〜っとまる子《こ》は、水《すい》そうに手《て》をつき、たけしのタモをゆらした。デブ金《きん》が逃《に》げた。

「でかしたっまる子《こ》」

友蔵《ともぞう》が叫《さけ》ぶのと、たけしの舌打《したう》ちが同時《どうじ》だった。

「このガキめっ」

「あんたの思《おも》い通《どお》りにゃさせないよっ」

まる子《こ》が言《い》った。友蔵《ともぞう》がデブ金《きん》を指《ゆび》さしてお姉《ねえ》ちゃんを見《み》た。

「お姉《ねえ》ちゃん、そっちに行《い》ったぞっ」

「はいっ」

そしてお姉《ねえ》ちゃんがデブ金《きん》をすくい上《あ》げようとしたとき、なんとたけしが片足《かたあし》を水《すい》そうにつっこんだ。

「そうはさせるかァァ」

叫《さけ》びながら、たけしはお姉《ねえ》ちゃんとタッチの差《さ》で、デブ金《きん》の下《した》にタモをさしこんですくい上《あ》げた。

（たけしにやられたァァ）

三人《さんにん》は電撃《でんげき》に打《う》たれたように立《た》ちすくんだ。

「やったー――っ」

たけしは勝者《しょうしゃ》のガッツポーズをしてみせた。

「たけしィ、やったね」

駆《か》け寄《よ》った女《おんな》の子《こ》は涙《なみだ》ぐんでいた。

たけしは胸《むね》を張《は》り、大股《おおまた》でおじさんのところにデブ金《きん》を持《も》っていった。

「これ、この金魚《きんぎょ》ください」

「あんた、これで本当《ほんとう》にいいのかね」

おじさんは念《ねん》をおした。

「はい。これください」

すると、おじさんが意外《いがい》な事《こと》を言《い》った。

「この金魚《きんぎょ》、病気《びょうき》だよ」

「えっ」

「こいつ、病気《びょうき》でこんなパンパンにふくれちまったんだよ」

たけしの心《こころ》と体《からだ》から力《ちから》がしゅーっと音《おと》をたてて抜《ぬ》けた。

その会話《かいわ》を耳《みみ》にした三人《さんにん》の驚《おどろ》きも半端《はんぱ》ではなかった。ようやくまる子《こ》が言《い》った。

「……病気《びょうき》だってさ」

「…そうらしいのう」

友蔵《ともぞう》がポツリとつぶやくと、お姉《ねえ》ちゃんが気《き》の抜《ぬ》けた声《こえ》を出《だ》した。

「…たけしが持《も》っててってくれてよかったね…」

たけしも、この三人《さんにん》も、一体何《いったいなに》に闘志《とうし》を燃《も》やしていたのか。

決着《けっちゃく》のつかないまま、金魚《きんぎょ》すくいへの情熱《じょうねつ》は燃《も》えつきてゆくまる子《こ》たちであった。

この作品《さくひん》は、二〇一一年《ねん》四月《がつ》～十二月《がつ》、集英社《しゅうえいしゃ》みらい文庫《ぶんこ》より刊行《かんこう》された『こども小説《しょうせつ》ちびまる子《こ》ちゃん②～⑤』からテーマに沿《そ》って五話《わ》選《えら》び、再構成《さいこうせい》したものです。

集英社みらい文庫

小説《しょうせつ》 ちびまる子《こ》ちゃん けっさく選《せん》
大《だい》★爆《ばく》★笑《しょう》スペシャル！

さくらももこ 作・モノクロイラスト
日本《にほん》アニメーション カバーイラスト
五十嵐佳子《いがらしけいこ》 構成

ファンレターのあて先
〒101-8050 東京都千代田区一ツ橋2-5-10 集英社みらい文庫編集部
いただいたお便りは編集部から先生におわたしいたします。

2015年 11月 10日 第1刷発行
2019年 6月 16日 第3刷発行

発行者 北畠輝幸
発行所 株式会社 集英社
〒101-8050 東京都千代田区一ツ橋2-5-10
電話 編集部 03-3230-6246
読者係 03-3230-6080
販売部 03-3230-6393（書店専用）
http://miraibunko.jp
装 丁 鈴木 茜（バナナグローブスタジオ） 中島由佳理
印 刷 大日本印刷株式会社 凸版印刷株式会社
製 本 大日本印刷株式会社

★この作品はフィクションです。実在の人物・団体・事件などにはいっさい関係ありません。
ISBN978-4-08-321293-2 C8293 N.D.C.913 190P 18cm

日本音楽著作権協会（出）許諾第1511287-501号

「みらい文庫《ぶんこ》」読者《どくしゃ》のみなさんへ

言葉《ことば》を学《まな》ぶ、感性《かんせい》を磨《みが》く、創造力《そうぞうりょく》を育《はぐく》む……、読書《どくしょ》は「人間力《にんげんりょく》」を高《たか》めるために欠《か》かせません。

たった一枚《いちまい》のページをめくる向《む》こう側《がわ》に、未知《みち》の世界《せかい》、ドキドキのみらいが無限《むげん》に広《ひろ》がっている。

これこそが「本《ほん》」だけが持《も》っているパワーです。

学校《がっこう》の朝《あさ》の読書《どくしょ》に、休《やす》み時間《じかん》に、放課後《ほうかご》に……。いつでも、どこでも、すぐに続《つづ》きを読《よ》みたくなるような、魅力《みりょく》に溢《あふ》れる本《ほん》をたくさん揃《そろ》えていきたい。読書《どくしょ》がくれる、心《こころ》がきらきらしたり胸《むね》がきゅんとする瞬間《しゅんかん》を体験《たいけん》してほしい、楽《たの》しんでほしい。みらいの日本《にほん》、そして世界《せかい》を担《にな》うみなさんが、やがて大人《おとな》になった時《とき》、「読書《どくしょ》の魅力《みりょく》を初《はじ》めて知《し》った本《ほん》」「自分《じぶん》のおこづかいで初《はじ》めて買《か》った一冊《いっさつ》」と思《おも》い出《だ》してくれるような作品《さくひん》を一所懸命《いっしょけんめい》、大切《たいせつ》に創《つく》っていきたい。

そんないっぱいの想《おも》いを込《こ》めながら、作家《さっか》の先生方《せんせいがた》と一緒《いっしょ》に、私《わたし》たちは素敵《すてき》な本作《ほんづく》りを続《つづ》けていきます。「みらい文庫《ぶんこ》」は、無限《むげん》の宇宙《うちゅう》に浮《う》かぶ星《ほし》のように、夢《ゆめ》をたたえ輝《かがや》きながら、次々《つぎつぎ》と新《あたら》しく生《う》まれ続《つづ》けます。

本《ほん》を持《も》つ、その手《て》の中《なか》に、ドキドキするみらい――。

本《ほん》の宇宙《うちゅう》から、自分《じぶん》だけの健《すこ》やかな空想力《くうそうりょく》を育《そだ》て、〝みらいの星《ほし》〟をたくさん見《み》つけてください。

そして、大切《たいせつ》なこと、大切《たいせつ》な人《ひと》をきちんと守《まも》る、強《つよ》くて、やさしい大人《おとな》になってくれることを心《こころ》から願《ねが》っています。

2011年《ねん》　春《はる》

集英社《しゅうえいしゃ》みらい文庫編集部《ぶんこへんしゅうぶ》